MINORIA ABSOLUTA
AL PAÍS DEL TRIPARTIT

MANEL LUCAS
QUECO NOVELL
TONI SOLER

MINORIA ABSOLUTA AL PAÍS DEL TRIPARTIT

COLUMNA

Segona edició: abril del 2005
Disseny de la coberta: Columna Group. S. A.
Disseny de l'interior i grafisme: Frankie de Leonardis
Caracterització de Queco Novell com a Pasqual Maragall: Raúl Cabanell
Fotografia de la coberta: © Jordi Play, 2005

Columna Edicions, S.A.
Avinguda Diagonal, 662 - 08034 Barcelona
ISBN: 84-664-0621-2
Dipòsit Legal: B. 15.749-2005
Fotocomposició: Víctor Igual, S.L.
Carrer Peu de la Creu, 5-9 - 08001 Barcelona
Imprès a Hurope, S.L.
Carrer Lima, 3 bis - 08030 Barcelona

www.columnaedicions.com

TAULA

III. APÈNDIXS

PRÒLEG

Per Francesc Macià,
president de la Generalitat restaurat.

Catalans: interpretant el sentiment i els anhels del poble que m'ha donat el seu sufragi, proclamo aquest pròleg que m'han encomanat els nois de la ràdio. És el primer cop que faig un pròleg, i segurament serà l'últim, amb els anys que tinc (vora els 150, dels quals més de la meitat estava ben viu). Hi ha coses que he fet més sovint, com ara arreglar-me el bigoti, beure absenta al Paral·lel, proclamar la República catalana i altres que ara mateix no recordo. L'edat no perdona!

Envers aquesta colla del Minoria, només puc tenir paraules d'agraïment. Com per exemple, «gràcies», «no calia» o «aquest import és mensual, o per programa?». Però amb això no faig els dos folis preceptius, per tant diré algunes coses més. Podria explicar, per exemple, que essent president de la Generalitat es lliga més. Però no voldria incomodar el meu successor... En el meu cas, he de dir que tinc una experiència dilatada, amb senyores igualment dilatades, però no entraré en detalls. En qualsevol cas, un cop vaig ser president no vaig tenir més facilitats per alternar, ans al contrari: el càrrec imposa molt. Els meus setanta anys (de l'època) també.

I el fet de tenir quatre mossos d'esquadra al costat acaba essent una rèmora. A més, jo tenia el pesat d'en Tarradellas vigilant-me dia i nit. Quan em trobava en disposició de fer truques amb alguna jovencella, apareixia d'improvís al *Marsella* tot dient «Ja sóc aquí!», que és una frase que ell utilitzava molt.

Jo vaig ser president de la Generalitat des de 1931 a 1933. Abans de mi no hi havia ningú. Vull dir que no hi havia Generalitat. Quan vaig entrar al Palau només hi havia una taula camilla i dues cadires de tisora. És a dir que el primer que vaig fer va ser demanar a en Tarradellas que encarregués un *membrete* i la connexió a Internet. El *membrete* me'l van portar al cap de dos dies. Lo altre va trigar una mica més.

Nosaltres no érem un tripartit; governàvem els d'Esquerra Republicana, tots sols. Però ens barallàvem tant o més que ara. Perquè el meu partit era una olla de grills. Ja ens vam barallar quan vam dissenyar el logotip. En Companys volia que fos un quadrat; en Ventura Gassol volia que fos un cilindre. La discussió va començar el 1889, abans de la guerra de Cuba, i no va acabar fins al 1931, quan jo va dir: «Un triangle i s'ha acabat!». Vam tallar ben just per presentar-nos a les eleccions i guanyar-les. Però la nit electoral ens vam barallar perquè en Companys deia que havia estat un «triomf», i en Gassol deia que era una «victòria». I vem acabar a pinyes, tots plegats.

Després vam mirar de governar, però no teníem ni un ral, així que em vaig dedicar a fer mítings, visitar pobles amb nom curiós, com Ultramort o Nalec, i legislar sobre temes que no costessin diners, per exemple, la Llei del Conreu de Mandarines i la Llei de Com Seure als Tramvies, que van anar consolidant l'autonomia i la nostra personalitat nacional. Llàstima que, pel Nadal de 1933, em va agafar un treball, coses de l'edat, i vaig haver de dimitir (del tot). Només portava dos anys al càrrec, o sigui que no vaig ser a temps ni de cobrar el primer trienni. Des d'aleshores sóc una figura mítica, que en l'escala laboral de la Generalitat està just després del rang de director general. Sort que amb la meva presència a RAC1 m'arrodoneixo el sou. En Prat de la Riba, en Pau Claris i en Guifré el Pilós estan pitjor que jo... A veure si el Tripartit els dóna un càrrec, una subvenció o un programet al Canal 33, perquè si no, no sé com se'n sortiran...

Ja m'he polit els dos folis. Apa, adéu.

JEFATURA DEL ESTADO
GENERALÍSIMO FRANCISCO FRANCO BAHAMONDE,
CAUDILLO DE ESPAÑA POR LA GRACIA DE DIOS

ASUNTO: INFORME SOBRE DETERMINADO PANFLETO ROJO SEPARATISTA

~~SUGERENCIAS~~ ORDENES PARA LA COMISION DE CENSURA NACIONAL

MADRID, 1 DE ABRIL.
SEXAGESIMONOVENO AÑO TRIUNFAL.

Señores de la Comisión Nacional de Censura:

Analizado con detenimiento el engendro supuestamente literario y presuntamente gracioso que de manera torticera pretende ser editado en Barcelona, y que lleva por título Minoria Absoluta al país del tripartit (sic), me permito perturbar la tranquila marcha de su ingente e inestimable labor con ciertas ~~sugerencias~~ órdenes que deberían ser aplicadas de inmediato o en el plazo de media hora.

-Donde dice «Catalunya», debe decir «Región nororiental».

-Donde dice «Govern de la Generalitat», debería decir «Gobierno del Generalísimo»

-Donde dice «Pasqual Maragall», debe decir «Juan Antonio Samaranch».

-Donde dice «Josep Lluís Carod-Rovira», debe decir «José Antonio Primo de Rivera».

-Se suprime toda referencia al Partido Socialista, Esquerra Republicana, Iniciativa per Catalunya,

Convergència i Unió i el Partit Popular de Catalunya. En su lugar se puede usar indistintamente los siguientes conceptos:

- -Movimiento Nacional
- -G.I.L.
- -Como partido, el mejor fue el Real Madrid-Benfica del año 1967.

-Sustituir el capítulo «Arbre genealògic de Carod-Rovira» por la lista de los Reyes Godos.

-De la página 5 a la 89, suprimir todo. Para compensar la disminución de grosor, se autoriza a publicar diferentes partituras de canciones de Raphael.

-Deben traducirse al español los nombres propios y los de localidades. Por ejemplo, en lugar de «Barcelona», escribir «Barceluena». Y así sucesivamente.

-¿Saben qué? Mejor no lo publicamos, y menos problemas.

Franco

Madrid 4-947.

I. DEL TINELL AL CARMEL

PENSANT EN CATALUNYA

Les laborioses negociacions per signar el pacte

Després de les eleccions del 16-N, ERC va començar una ronda de negociacions simultànies amb PSC i CiU, una mica en pla de subhasta, fent valer el pes decisiu dels seus vint-i-tres diputats. Van ser tres setmanes d'estirades, arronsades, embeinades i desembeinades. Els nois d'en Carod van fer una mica la puta i la ramoneta, fins a acabar portant Pasqual Maragall a la presidència d'un govern tripartit d'esquerres.

Novembre, 23

- Primera reunió entre ERC i CiU per fer un govern nacionalista. Duran Lleida paga els cafès. Puigcercós no diu ni sí ni no, i queden per veure's amb papers al davant un altre dia.

- Carod-Rovira és ensabonat per dotze columnistes diferents d'*El Periódico* i l'*Avui.*

Novembre, 24

- Primera reunió entre PSC i ERC per fer un govern d'esquerres. José Montilla paga cafès (i ensaïmades). Puigcercós no diu ni sí ni no a l'oferta, però pica l'ullet. Queden per veure's amb papers, i es riuen del tupè d'Artur Mas.
- Duran Lleida confia a Artur Mas que Puigcercós es va passar la primera reunió enviant SMS i rient.

Novembre, 25

- CiU ofereix a ERC cinc conselleries (incloent-hi la conselleria en cap), la reforma de l'Estatut i un nou sistema de finançament. ERC diu que d'acord, però proposa un govern a tres amb CiU i PSC, i Carod de president.
- Duran Lleida riu tant que la calba li sua ostentosament.

Novembre, 26

- El PSC ofereix a ERC cinc conselleries, la reforma de l'Estatut i un nou sistema de finançament. «Total, el PP dirà que no», pensa Montilla. ERC torna a proposar el govern a tres, amb Carod de president.
- Montilla diu que els encantaria, però que Maragall no ho acaba de veure clar.

Novembre, 27

- ERC es reuneix amb CiU. Demana i demana, i CiU diu que sí a tot. Duran fa portar càtering del Semon. Puigcercós es taca la corbata amb suc de tòfona blanca. S'interpreta com un mal símptoma.

- Primer acord PSC-IC: els socialistes accepten que IC exigeixi no fer el túnel de Bracons, a condició que es faci de totes maneres.

Novembre, 28

- Després d'una trobada Carod-Maragall, ERC acorda fer un govern tripartit amb PSC i IC, i acorda també no fer-ho públic fins al cap d'una setmana. També acorden no dir-ho als d'IC, per fer-los patir.
- Carod serà conseller en cap, i ERC tindrà cinc consellers més.

Novembre, 29

- Joan Saura aconsegueix que Maragall se li posi al telèfon. Maragall li promet una conselleria o dues. Li demana, de passada, que li pugi un cafè amb llet.

Novembre, 30

- ERC es reuneix amb CiU. Duran Lleida, que ja té la mosca al nas, ofereix la presidència de la Generalitat, vuit conselleries, trenta-tres direccions generals, la presidència del Parlament i una subvenció milionària als castellers de Tarragona.
- Puigcercós fa veure que s'ho pensa.

Desembre, 1

- Maragall li diu a Saura que ERC apreta molt, i que IC s'haurà de conformar amb una conselleria.

- Saura es planteja un acord amb CiU i PP per fer un govern de dreta-centre-esquerra i demo-liberal-ecologista, però recapacita al cap d'uns segons.

Desembre, 2

- Pujol convida a prendre cafè Carod-Rovira. Li parla de Macià i de Companys, i de la seva responsabilitat històrica. Carod força un somriure enigmàtic durant dues hores i surt de la trobada amb paràlisi facial.

Desembre, 3

- Després de parlar amb ERC, el comitè executiu del PSC decideix que Catalunya és una nació oprimida i que necessita una selecció pròpia d'hoquei sobre patins.
- Montilla informa Carod-Rovira que la federació del Baix Llobregat del PSC es planteja crear una colla castellera.

Desembre, 4

- CiU ja sap que ERC ha pactat amb el PSC. Duran ho comença a sospitar després d'esperar Puigcercós dues hores al Via Veneto, sense que es presenti a la cita.
- Duran acaba dinant amb una periodista a qui filtra que ERC exigeix que ell sigui president per firmar un acord amb CiU.
- L'entorn d'Artur Mas filtra a la premsa que Duran és el principal impediment per un acord amb ERC.
- ERC filtra a la premsa que encara no s'ha decidit.
- El PSC filtra a la premsa que la premsa fa massa cas de les filtracions.

Desembre, 5

- ERC i PSC estan a punt de trencar: en el document del pacte, passat a net a la seu del PSC, s'hi ha omès —en un error involuntari— la reforma de l'Estatut. Puigcercós se n'adona just abans de signar.
- Joan Saura també troba a faltar en el document els punts programàtics proposats per IC. Montilla assegura que és un altre error involuntari.
- Aclarit l'equívoc, i convocat d'urgència un notari, es procedeix a la signatura de l'acord.
- Puigcercós filtra a la premsa que encara és possible un acord amb CiU.

Desembre, 6

- Després de llegir els diaris, Artur Mas fa un penúltim intent d'aproximació: fa saber a Carod que acceptaria fer-se militant d'ERC a canvi d'un acord estable.

Desembre, 7

- Artur Mas truca Puigcercós a les dues del matí: li assegura que estudiaria que ERC absorbís CiU. Puigcercós li diu que s'ho pensarà, però que no n'hi ha prou.
- Canvis en l'acord PSC-ERC. Esquerra demana no tenir tantes conselleries, perquè no sap ben bé a qui donar-les. El PSC es queda finalment Cultura, departament per al qual afirma tenir candidates molt sòlides.

Desembre, 8

- Carod entra al xat de Vilaweb demanant si algú vol ser conseller de Governació.

• Josep Bargalló accepta ser conseller d'Ensenyament a condició que no el moguin d'allà en quatre anys.

Desembre, 9

• Maragall ofereix el càrrec de conseller d'Economia a Josep Piqué; aquest li recorda que és del PP, i Maragall, després de demanar disculpes per la confusió, li retira l'oferta.

• Montilla proposa crear un departament d'Afers Diversos, conegut internament com a MSP (Marrons Sense Pressupost), perquè així també suquin els Ciutadans pel Canvi. Els Ciutadans pel Canvi tenen la intuïció que això pot ser un regal enverinat.

Desembre, 10

• IC exigeix tenir el departament de Medi Ambient i afegir-hi les competències d'Habitatge. Maragall diu que, com a departament, queda estrany. Saura li respon que més estrany és això del Fòrum de les Cultures.

Desembre, 11

• Tot llegint les esqueles del diari, a Joan Saura se li acut un nom per a la seva conselleria: Relacions Institucionals i Participació (RIP). Fins aleshores, aquest departament era conegut amb les sigles LDS (Lo del Saura).

• El diari *El Periódico* publica un editorial saludant l'arribada del nou govern progressista i catalanista. L'*Avui* es lamenta de l'ocasió perduda per al nacionalisme. *La Vanguardia* s'espera a última hora a veure què passa.

Desembre, 12

- Maragall, Carod i Saura firmen l'acord del tripartit al Saló del Tinell.

- Carod pregunta a Maragall si coneix un bon restaurant a Perpinyà.

JA SÓC PRESIDENT
Diari íntim de Pasqual Maragall

16 novembre

Matí. Avui hi ha eleccions. Si torno a perdre, me la tallo. La Diana està convençuda que guanyo. Ha trucat a la Ferrusola per preguntar-li si a Palau hi ha tovalloles o les hem de portar nosaltres. El Zapatero m'ha trucat per donar-me ànims... Quins collons també!

23:30h. No ho entenc. Hi ha alguna cosa que falla. No pot ser que hagi tornat a passar. Foto el camp. Que s'hi posin fulles. Jo passo. Dues vegades ja és massa. Que se'n busquin un altre. Jo me'n torno a Roma a fer pizzes i pasta.

17 novembre

El Montilla diu que no està tot perdut. Però gairebé. Amb la cara de penes que fot quan m'ho diu, té menys credibilitat que Joan Gaspart. Diu que parlaran amb el Carod. S'ha acabat el paper de cuina. M'ha trucat en Pujol. M'ha preguntat què en fa de les capses que la Diana ja havia fet arribar a Palau. Crec que se'n fot de mi.

21 novembre

Els d'Esquerra diuen que volen negociar. Ja m'estranya.

24 novembre

El Montilla i el Tete s'han reunit amb els d'Esquerra. No sé què els deuen haver dit, però tots dos han tornat dient que els castellers són una tradició catalana molt important, i que cal fomentar-la.

30 novembre

Ostres! A veure si... no, no, no pot ser.

20 desembre

He estat vint dies sense escriure res, perquè no m'ho podia creure. Sóc president de la Generalitat! En Carod és un polític excepcional, i en Saura un bon xaval. Que fort. Aquesta tarda he anul·lat el contracte de lloguer del pis de Roma que tenia emparaulat

3 de gener

Sóc a Turquia. La Diana volia comprar-se una alfombra i fa vint minuts que regateja amb un venedor. Per cert que el tio s'ha volgut fer l'enrollat, i ha dit: «Barcelona? Ronaldinho, Carod-Rovira!».

4 de gener

9:15h. Mai m'hauria imaginat que diria això: trobo a faltar en Carod. Li enviaré un missatge de mòbil.

9:35h. En Carod m'ha contestat l'SMS dient que té una reunió amb ETA. No entenc aquest humor tarragoní. O igual és humor de filòleg.

26 de gener

8:30h. Avui m'he llevat content. La Diana m'ha dit que dissabte farà macarrons. M'encanten! No hi ha ningú que els faci com ella. Hi posa la ceba justa, ni molta ni poca. Tinc una trucada perduda d'ahir del Carod. He passat de tornar-li. Si fos important, ja m'hauria tornat a trucar i, en qualsevol cas, ara el veuré a Palau. M'ha semblat sentir a la ràdio no-sé-què del Carod, l'*ABC* i Perpinyà. A veure si han trobat un passat al Carod com a espectador de les pel·lícules de Perpinyà! Apa que no seria fort...

13:00h. Aquest tio és tonto. S'ha confirmat lo de l'*ABC*, però es descarta lo de les pel·lícules porno. És molt més que porno. Amb tot, trec importància al tema: no n'hi ha per tant. De fet, m'ha presentat la dimissió però m'ha fet mandra aceptar-l'hi. Ara que tenim un govern tan arregladet i amb el que ens ha costat, passo de tornar a començar de zero.

15:30h. M'ha trucat el Zapatero. Desconegut. S'ha posat histèric. A Madrid ja ho tenen això: qualsevol cosa els posa histèrics. Només cal veure el circ que hi ha al voltant del Beckham. Diu el Jose que li va la presidència i que, per tant, accepti la dimissió del Carod. Ara resultarà que el PSOE es fotrà la santa hòstia per culpa de l'excursió del Carod a Perpinyà! També té collons! Li he dit que «bueno, vale... acepto dimisión pero a la próxima me llevo el Scatergoris». Jua, jua! És broma. Parlaré amb el Carod però fot mandra. El conec i sé que li sentarà fatal.

17:00h. M'ho temia. Diu el Carod que ara ja no val. Crido el Montilla al despatx. Només veure'l passar per la porta he pensat que, definitivament, tornem a l'oposició.

23:30h. Bueeeeno. Al final el Carod m'ha acceptat la dimissió. O és al revés? A veure qui posen ara aquests d'Esquerra. Penso demanar fins el certificat de la primera comunió!

3 febrer

Avui he anat a una escola pública. Definitivament el poble em veu com un dels seus: una mestra m'ha enviat a fer fotocòpies. Sóc un president enrollat i el poble ho sap. Trobo que les cadires dels nens són massa baixetes. M'hi he assegut per fer-me l'enrollat i el Bargalló m'ha hagut d'ajudar per aixecar-me.

12 febrer

Avui he demanat al Bargalló que es posi corbata. Ho he fet discretament: només hi havia tretze periodistes davant meu. M'ha dit que ell no opina sobre les espardenyes que em poso quan soc a Rupià. Té raó. Parlaré amb el Tete: a partir de demà els consellers del Govern català aniran sense corbata i les conselleres també. El nus que he portat tota la vida no sé si és el Windsor o el Windsor senzill. Ho preguntaré a la Diana.

18 febrer

L'aixeta del lavabo de Palau no té força. Truco al Quim Nadal perquè ho arregli. De jove havia treballat de lampista. Li demano que ho faci discretament, sense que se n'assabenti el Saura. No vull que em torni a *rallar* amb l'estalvi d'aigua.

19 febrer

Diu el Quim que el problema de l'aixeta no és nostre. Que és del subministrament d'aigua a Barcelona. He de trucar al Zapatero: potser encara som a temps de votar a favor del Pla Hidrològic. Si ho vam fer amb l'OTAN...

14 març

Hi ha gent que té sort! Ha guanyat el Zapatero. No s'ho creu ni ell. Li he trucat per felicitar-lo i l'he trobat estrany: m'ha dit que torni a nomenar el Carod com a conseller en cap... Crec que corria el cava per Ferraz. La Chacón segur que *pilla*. Proposaré el Carod de ministre d'alguna cosa. Per tal de no veure'l...

3 abril

Avui m'ha trucat el Mas. Diu que es va deixar un retolador fosforito al despatx. «De color groc», ha matisat... Parlaré amb en Bargalló. Però a bones hores... Vés a saber on para!

No apareix el fosforito. El Mas diu que portarà el cas al Parlament en forma de pregunta. Diu que es tracta d'un robatori a la seu de la presidència de la Generalitat. Que si tinguéssim competències sobre retoladors fosforitos això no passaria. Potser sí... Parlaré amb el conseller del ram. Primer he de saber quin conseller és l'encarregat dels retoladors... La Mieras potser... No, impossible... Aquesta no hi pinta res... Ho preguntaré a la Diana.

3 maig

He tingut una idea genial. Per eixugar el dèficit de la sanitat catalana, posarem un impost a la gasolina. Ara només falta fer una campanya perquè els catalans agafin el cotxe per tot: «Català: omple el dipòsit. Els malalts t'ho agrairan».

7 juliol

S'acosta l'11 de setembre. Em fa una mandra tremenda anar al monument del Casanova. Total, perquè em xiulin! Li demanaré al Bargalló que m'acompanyi perquè també el xiulin a ell...

8 juliol

La Diada m'obsessiona. Aquest any la vull liar ben grossa. Aquest cap de setmana em tanco a Rupià i d'allà no en surto sense una idea alternativa. Fa dies que no veig el meu nét.

9 juliol

S'acosta l'hora de tornar de Rupià i no tinc cap idea.

10 juliol

Eureka! M'acaba de trucar en Benach. Em pregunta si l'11 de setembre mantenim la recepció al Parlament. I m'acaba de donar una idea genial: si hem d'acabar al Parlament, comencem al Parlament. Farem un acte institucional a la Ciutadella. Collonut! Però, què hi fem?

13 juliol

Això és imparable! La consellera Geli, la de la Salut, acaba de proposar que els catalans paguin un euro cada vegada que visitin el metge de la sanitat pública. Ja sigui per receptes o per estar més calents que a casa. Només que cada català vagi cada any vint-i-cinc vegades al metge i el deute està eixugat.

4 agost

«Que n'aprenguin!» Acabo de veure el Laporta per la *meva*. Per TV3, vaja... Diu «que n'aprenguin!», referint-se a un fitxatge demanat el dilluns i tancat el divendres. No té mèrit. Jo vaig confirmar el Carod un dilluns i me'l vaig fer petar un dimarts. Que n'aprengui ell!

15 agost

L'Ibarra no sé si és tonto o s'ho fa. Quan arriba la campanya, me'l porten aquí i fa un míting correcte. Però es veu que quan torna a Extremadura, li ha passat l'efecte de la pastilla i torna a desbarrar. Per mi que aquest tio és del PP i no ho sap.

20 agost

Les ministres han sortit al *Vogue*. Catalunya no pot ser menys. He ordenat al Bargalló que prepari una sessió de fotos de les nostres conselleres. Farem un calendari pel 2005 que regalarem per sis euros.

La Tura vestida de cuir dalt d'una moto dels Mossos. La nena de Benestar cuidant un vellet. La Geli vestida d'infermera. La d'Ensenyament a la porta d'un barracó. I la Mieras... La Mieras... Dalt d'un tamboret o no sortirà a la foto.

8 setembre

He anat al concert d'Alejandro Sanz. Jo no volia. Allà al mig semblava l'avi de totes les nenes histèriques, que no deixaven sentir cap cançó de l'Alejandro de tant que cridaven quan les cantaven. M'agrada aquella de «No es lo mismo». Que m'ho digui a mi... No es lo mismo un partit que un tripartit.

10 setembre

Avui he gravat el primer missatge institucional de l'11 de setembre. M'ha trucat el director de TV3, la meva, per felicitar-me. Perquè no vull, que si no seria el substitut del Buenafuente.

12 setembre

Per fi ha passat la Diada. Tinc el gremi de floristes en peu de guerra per les meves reticències a l'ofrena floral al monument a Rafael Casanova. Amb tot, les masses populars m'han acompanyat a l'acte que ens hem inventat en Benach i un servidor davant del Parlament. Però l'any que ve no sé si el faré. Fotia una calor d'espant. No sé per què en Felip V va atacar-nos al setembre. A la primavera, hauria estat molt millor.

12 octubre

Avui he anat a la desfilada militar del Dia de la Hispanitat a Madrid. N'hi ha que s'han queixat. Sobretot els d'Esquerra. Però es queixen de tot. I el Saura... La desfilada ha estat un rollo patatero. A sobre m'han assegut al costat de l'Esperanza Aguirre. Li caic bé, però mai sé què dir-li. No sé per què li diuen División Azul si anaven de groc.

15 octubre

Avui he vist Gran Hermano. Hi ha un tio que abans no era un tio i una exlegionària que no para de cridar i que té més mala llet que la Tura en un control dels Mossos. Aquest programa em recorda el Govern català: quan sortim de les reunions, tothom *raja* de l'altre amb impunitat total.

18 octubre

Demà marxo a la Xina i al Japó. Ser President té aquestes coses. M'emporto el Mas. D'aquesta manera Convergència no critica el viatge i el Carod agafa un atac de banyes que li durarà sis mesos. No sé si agafar roba d'abric o samarretes de màniga curta. He de trucar al Picó perquè em digui quin temps hi fa. La Diana m'ha encarregat un futton d'aquests per dormir, però no sé si m'hi cabrà a la maleta. Pitjor ho té un conseller que m'acompanya que té l'encàrrec de portar unes boles xines...

19 octubre

Vull trencar una llança a favor del poble xinès i d'una de les injustícies en forma de tòpic que han patit: no tots els xinesos dicen «aloç» en lloc d'«arròs», ni «buenas taldes» en lloc de «buenas tardes». Que quedi clar.

20 octubre

La selecció catalana d'hoquei patins està jugant el Mundial B a Macau. És aquí al costat, però passo d'anar-hi. Primer, perquè em fa mandra. Després, perquè això de les seleccions ho porta ERC. I, finalment, perquè Catalunya s'enfronta a uns rivals que juguen amb patins de la Fisher-Price per a nens de cinc anys.

21 octubre

Merda! En Mas ha anat a Macau. M'ha enganyat. M'ha dit que no m'acompanyava al Japó perquè tenia feina a Barcelona i el molt podrit ha anat a veure un partit de la selecció. Amb la mandra que em fot i ara hauré d'anar a veure la final. Ja m'imagino els titulars de demà de la premsa de Madrid:

«Maragall pone en juego la unidad de España a golpe de stick»... «Maragall pone a Zapatero bajo las ruedas de los patines de la selección catalana»... «El masajista del equipo catalán es cuñado de la prima hermana de Carod-Rovira»... «El máximo goleador de Cataluña estuvo un día en Perpiñán»...

14 novembre

Ara em surten amb el rollo del valencià. Quan no és un all és una ceba. He trucat al Zapatero i li he fet la pregunta definitiva: «Jose: ¿tu sabes cómo le llaman los valencianos a la paella? Paella! Igual que los catalanes! Lo ves como es la misma lengua!» M'ha dit que em trucarà, però l'he vist desconcertat. Deu tenir un problema amb el Bono.

22 desembre

Aquesta tarda he de gravar el missatge de Nadal per TV3. Segur que això cal fer-ho cada any? No sé com començar... Tampoc com acabar. Potser començaré amb un «hola, bona nit». I per acabar, una cita nadalenca del tipus «A Betlem me'n vull anar, vols venir tu català?», o bé «El desembre congelat, m'ha gelat la fava...». No ho sé... Els meus assessors volen un pessebre vivent darrere meu: el Bargalló i el Saura fent de Sant Josep i la Mare de Déu. El «Barga» el veig fent de Sant Josep, però el Saura de Mare de Déu... no ho sé.

25 gener

M'ha trucat el Nadal com una moto per dir-me lo del Carmel. Quin drama.

He convocat reunió urgent: demà tothom a Palau. Que ningú es posi nerviós! Aquest metro el van començar a fer els convergents, oi? Doncs tothom tranquil.

26 gener

Diu el Nadal que el mapa del metro era dels convergents, però que les excavadores eren nostres. Collons, quin marron! I a sobre, no li puc carregar el mort a Esquerra!

20 febrer

Avui hi ha el referèndum de la constitució europea. El Zapatero aquest té unes idees... Davant la consulta, tinc un dubte: no sé si anar a votar abans o després de dinar.

24 febrer

Convergència té un problema: el 3%. Ho he diagnosticat aquesta tarda al Parlament. He estat brillant. Lo bo del cas és que després ho he retirat.

25 febrer

No ho entenc. Si ho vaig retirar no sé per què tant de soroll. El Montilla m'ha trucat esverat per la polèmica. És un exagerat. Demà passat ningú no se'n recordarà.

27 febrer

Encara se'n recorden. Quina mania que els ha agafat a tots amb lo del 3%!

UNA EXCURSIÓ A PERPINYÀ:

La reunió de Carod, en versió CNI

Després de saber-se que Josep Lluís Carod-Rovira, intentant no recordar que era conseller en cap, va trobar-se amb dirigents d'ETA a Perpinyà —sempre amb finalitat estrictament humanitària, naturalment—, va circular pels entorns d'*entesos* diversos el rumor que el CNI (Centro Nacional de Inteligencia) havia enregistrat la conversa i estava a punt d'esbombar-la.

Com que passaven els dies i la conversa no sortia, i donant per descomptat que si hagués existit la cinta, algú l'hauria difós amb entusiasme, l'afer va passar als calaixos de les llegendes urbanes, al costat de la història dels pits d'Ana Obregón esclatats en ple vol, i de la teoria segons la qual l'aspirina barrejada amb Coca-cola és afrodisíaca.

Doncs bé: la conversa va ser enregistrada de debò, i l'agent del CNI responsable del seguiment va redactar-ne un informe detallat.

Minoria Absoluta ha accedit a aquest informe. I ara el posa a disposició de la ciutadania i de les generacions futures.

Llegiu-lo, i mentrestant nosaltres buscarem la caixa negra de l'avió on viatjava Ana Obregón.

CENTRO NACIONAL DE INTELIGENCIA
EXPEDIENTE Nº: 341

ASUNTO: REUNION CÀROD-ETA
EXPOSICIÓN CRONOLÓGICA DE LOS HECHOS
(TRADUCCIÓ AL CATALÀ: MONTSERRAT TURA)

07:00. Sona el despertador de Josep Lluís Carod-Rovira, configurat amb un so de gralla.

07:15. Carod es renta les dents i es dutxa.

07:20. El líder d'ERC es vesteix. Remena entre els pins, i acaba col·locant-se a la solapa l'ensenya d'una societat gastronòmica de Sant Sebastià.

07:28. Surt de casa en direcció al pàrquing.

07:32. Es dóna un cop amb la mà al front:acaba de recordar que no té cotxe. Ni carnet de conduir.

07:33. Des de la cantonada de casa truca a Jaume Renyer, militant d'ERC i company de colla castellera de Carod:

(Reproduïm la part de conversa telefònica corresponent a Carod)

- «Jaume, estàs despert?»
- «És clar, és clar, t'he despertat jo. Perdona.»
- «No, que si tenies res a fer avui.»
- «Ui, els dinars amb la família són terribles! Tinc la solució ideal perquè te'n lliuris.»
- «Podríem anar a Perpinyà.»
- «No siguis antic, al cinema ja no s'hi va, a Perpinyà.»
- «Encara no has vist *El último tango en París*?»
- «Jo no crec que la tradueixin al català, ara ja.»
- «Sí, mantega... Escolta, per què no en parlem mentre anem cap a Perpinyà?»
- «No, no és un rampell. És que he quedat amb... Va, vine i t'ho explico.»
- «Bé, en realitat havia pensat que anéssim en el teu cotxe.»
- «No, no, no és només per fer de xofer.»
- «T'espero a la cantonada de casa.»
- «Fins ara.»

07:50. Arriba Jaume Renyer amb el seu cotxe. Carod hi entra i s'asseu al lloc del copilot.

08:00. El cotxe surt de Tarragona en direcció a l'autopista.

08:10. Carod truca als seus interlocutors: diu que arribarà una mica tard, perquè ha tingut un petit entrebanc, però que l'esperin, que el perdonin, que arriba segur, que no es posin nerviosos i que, sobretot, no toquin res ni premin cap botó.

08:12. Carod explica a Renyer que ha quedat amb la direcció d'ETA. Renyer diu «ah, ja», i intenta canviar de marxa. Carod li fa notar que ha confós la palanca del canvi amb el seu genoll, i li pregunta si està nerviós. Renyer assegura que no està nerviós, que no passa res, que una reunió amb ETA és d'allò més normal i que per què havia d'estar nerviós, que no està nerviós, no, no, només que s'ha marejat una mica, pels revolts. Carod comenta que per l'autopista molts revolts no hi ha, però que continuï conduint.

08:50. Renyer atura el cotxe per posar gasolina. Se sent «Ha escogido usted gasolina super». Renyer respon: «Ya lo sé... Ay, perdone, no me había dado cuenta de que era un poste de gasolina... Es que estoy un poco nervioso, pero no pasa nada.»

09:30. Carod i Renyer passen pel peatge de Mollet. El conseller en cap rep un sms de Maragall.

Maragall: k fas?
Carod: He kedat.
Maragall: Amb ki?
Carod: Amb ETA.
Maragall: Ke graciós. Fins dilluns.

10:00. Renyer posa la ràdio per escoltar el butlletí informatiu. El locutor comenta que el president de la Generalitat, Pasqual Maragall, ha anat de viatge a Turquia, i que durant la seva absència el substitueix el conseller en cap. Renyer diu: «Ets el president de la Generalitat?» Carod respon: «Em sembla que sí. Imagina't que això de Perpinyà s'arriba a saber.» Tots dos riuen.

10:50. El cotxe passa per la sortida Ceret, Cotlliure. Carod es posa a recitar poemes d'escriptors de la Catalunya Nord.

11:01. Renyer demana sisplau a Carod que no reciti més poesia trovadoresca.

11:10. El cotxe arriba a Perpinyà. Carod truca preguntant com arribar a la masia de la reunió.

11:12. Carod continua rebent instruccions des del mòbil per arribar al lloc. Atura un gendarme i li demana informació; li comenta que té a l'altre costat del telèfon un amic, però que no acaba de sortir-se'n.

11:13. El gendarme s'ofereix a parlar amb la persona que hi ha a l'altra banda del mòbil. Carod diu que no cal, que de cop s'ha adonat que ja té claríssim on ha d'anar, i que bonjour monsieur, i au revoir, i allons enfants de la patrie.

CONFIDENCIAL

11:14. Carod surt del cotxe i compra un mapa de la regió en un quiosc.

11:17. Un grup de perpinyanesos rodegen Carod i el seu mapa, i entre tots aconsegueixen localitzar-hi la masia. Li desitgen bona estada a Perpinyà i que saludi els seus amics de la seva part.

11:26. Carod i Renyer arriben a la masia. Carod crida la contrasenya: Mans netes i eskerrik asko!

11:27. Els dos interlocutors de Carod es posen la mà a la butxaca amb gest amenaçador.

11:27:15. Carod recorda que la contrasenya en realitat era: El doctor Livingstone, suposo. La diu.

11:27:25. Els dos etarres treuen les mans de la butxaca, buides.

11:31. Comença la reunió: els dos dirigents etarres demanen dos cafès «ben carregats, ha, ha!». Carod demana una til·la. Renyer una aigua amb gas.

11:34. Carod ofereix til·la als seus interlocutors.

11:35. Un dels etarres es crema amb el cafè per voler prendre-se'l sense treure's el passamuntanyes.

11:43. Els etarres demanen a Carod un gest favorable a les seves posicions.

11:44. Carod accepta fer un gest:diu que està disposat a posar un 1 a l'Athletic a la pròxima quiniela.

11:50. Carod diu que si els etarres creuen que és millor que jugui en punta Urzaiz, que ell no hi té res a dir. Però que pel que fa a la possibilitat de cedir Ronaldinho a la Reial Societat, ho veu una mica difícil, tot i que parlant la gent s'entén, i no es pot descartar res.

12:55. Carod ofereix dues places de manilles i una d'anxaneta als etarres si deixen les armes.

12:56. Carod assegura que quan parla de «manilles» no està insinuant la detenció de cap terrorista, i que estiguin tranquils que ell no té cap obscura intenció. Torna a oferir til·la als seus interlocutors.

13:20. Carod explica que té 5.000 llibres a casa. Un dels etarres diu que no sabia que se n'haguessin escrit tants.

13:30. Carod diu que també fa col·lecció de pins. Un dels etarres diu que ell també té uns arbres a la casa pairal de la família, però que no són pins, sinó pollancres.

13:31 a 13:50. Conversa sobre botànica basco-tarragonina, sense gaire interès.

14:02. Els etarres pregunten com marxa el tripartit: Carod diu que s'ho passen bomba.

14:03. Carod explica que no volia dir bomba, sinó teta, i que no s'ho prenguin malament, que tot estava dit amb bona intenció i paraula lliure i que si volen encara li queda un culet de til·la.

14:11. Els etarres es posen alerta per un soroll sospitós. Renyer diu que, en realitat, han estat els seus budells, ja que són més de les dues i no ha menjat res en tot el dia, perquè en Carod l'ha despertat d'improvís i no ha pogut ni prendre's un tallat, però que si no tenen previst donar-los res de menjar ho entendrà perfectament.

14:15 a 15:05. Els quatre interlocutors dinen. Carod intenta continuar la conversa, però els etarres diuen que no pensen parlar mentre quedi menjar al plat.

15:06. Es reprèn la reunió, mentre Carod intenta explicar als etarres com fa els musclos amb rocafort, i Renyer assegura que a ell li agrada molt Karlos Arguiñano.

15:55. Discussió acalorada entre els dos etarres sobre el fet que el País Basc, en euskera, es pot escriure Euskadi o Euzkadi. Carod està a punt de dir «No cal que us mateu», però s'adona que ja no li queda til·la i opta per callar i esperar que tot es calmi.

16:02. Conversa sobre les diferències entre el coneixement de l'euskera i del català. Un dels etarres comenta que ell, de català, no en sap, però que xampurreja una mica el valencià. Carod està a punt de caure de la cadira.

16:02:15 a 16:44. Carod intenta explicar que el català i el valencià són la mateixa llengua, com el basc d'Euskadi i de Navarra, i que la culpa de la confusió la té el PP, tot i que ell no és partidari de resoldre la qüestió per la via que li suggereixen els etarres, perquè parlant la gent s'entén, fins i tot en valencià i català... i que si comprenen la broma.

17:29. Acaba la reunió. Carod diu que, si volen, els pot enviar uns quants calçots perquè els provin, si li donen l'adreça.

17:30. Carod diu que d'acord, que deixarà els calçots enmig d'una carretera comarcal, i que ja passaran a buscar-los quan vulguin.

17:33. Carod i Renyer entren al cotxe.

17:33:10. Un dels etarres corre cap al cotxe i els fa senyals que abaixin la finestra.

17:33:25. L'etarra diu que s'havien oblidat de pregunta a Carod si estava disposat a donar suport a la lluita armada.

17:33:40. Carod diu a Renyer que posi el motor en marxa. Li diu a l'etarra que li repeteixi la pregunta, que no estava al cas.

17:33:55. L'etarra insisteix: Carod està disposat a donar suport a la lluita armada?

17:34. El cotxe es posa en marxa mentre Carod diu: «Bé, sobre aquest tema, jo tinc una idea força clara, i ara mateix passaré a dir-la, sense esperar més i amb total contundència. És una idea que he madurat durant temps, i és clar, no la canviaré ara, a aquestes alçades de la meva carrera política...»

17:37. El cotxe deixa enrere la masia i els etarres. Carod continua parlant: «... és a dir, que en realitat, la meva resposta és NO.»

18:12. Carod i Renyer creuen la frontera entre Catalunya Nord i Catalunya Sud, també coneguda per frontera entre França i Espanya.

19:03. Els dos dirigents d'ERC paren a fer benzina a l'àrea Medas de Massanet. L'encarregat de l'àrea agafa la mànega i apunta cap al cotxe. Carod empal·lideix, aixeca les mans i diu: no disparin.

19:04. Carod intenta explicar a l'encarregat de la benzinera que allò d'aixecar les mans és una broma molt comuna a Cambrils, que no es pensi que està nerviós per res, que a veure si es pensarà que ve d'una reunió clandestina o alguna cosa així, i que ha, ha!

19:46. Nou sms de Maragall: Torno akesta tarda, tot b?

Carod: La reunió, d pt mare.

Maragall: K pesat, amb la brometa.

21:05. Carod i Renyer arriben a Tarragona. Renyer diu que hi ha assaig de la Colla Jove. Carod diu que no li passa res, però que se'n va a casa, a llegir o a prendre's un calmant.

21:06. Renyer s'acomiada de Carod i li diu que li fa molta gràcia haver participat en una reunió que mai ningú no coneixerà.

SETZE JUTJATS

Els consellers, en cap i sense, un per un

1. CONSELLERIA EN CAP

Departament que ha servit per demostrar que Catalunya es pot governar sense corbata. També ha servit perquè Josep Bargalló conegui l'afició del president Maragall pels *essaemaesses* del telèfon mòbil. El més celebrat fou un que deia «Tranki Barga», quan els diaris van insinuar que el conseller en cap no manava prou. Forma part d'un dels jocs preferits del tripartit: a veure qui triga menys a explicar a un periodista que tenim diferències aparentment insalvables.

La conselleria en cap també s'ha inventat dues coses: A) la boca saltadora que ens demana parlar en català, i B) La teoria que deia que estava fet allò del reconeixement de la selecció catalana d'hoquei.

El millor

La rotació en el càrrec. En un any, dos consellers en cap. Alguns dirigents d'ERC es pensen que això serà un costum i fa mesos que s'escalfen esperant la seva sortida al camp.

El pitjor

L'informe sobre el periodisme català: «fulanito és dels nostres, però menganito no i hem de vigilar-lo». Imperdonable! Sobretot perquè de nosaltres no en deia ni mitja paraula!

2. RELACIONS INSTITUCIONALS I PARTICIPACIÓ

Departament nascut amb l'única funció de recordar que ICV existeix, i permetre al seu líder, Joan Saura, fer reunions i assegurar-se una quota mediàtica. Però «relacions institucionals» és un terme abstracte. Saura s'ha fet lloc a cops de colze, perquè les relacions amb Madrid les volia el conseller en cap; amb els ajuntaments les volia Governació; amb els agents socials és cosa d'Economia. Etcètera. Total, en Saura s'ha dedicat sobretot a les relacions internes –és a dir, a posar pau entre PSC i ERC—, que no és poca cosa; i a penjar cartells per demanar participació ciutadana en la redacció del nou Estatut.

El millor

La crucial intervenció de Saura quan semblava que el Govern es trencava pel cas Carod.

El pitjor

El bus de l'Estatut i els actes de carrer que l'acompanyaven. No només l'Artur Mas ho va trobar *cutre.*

3. ECONOMIA I FINANCES

Antoni Castells és un dels possibles successors de Maragall. Però en el primer any ha tingut un protagonisme relatiu, perquè entre l'hoquei, en Carod i el nou Estatut s'ha parlat poc de diners. A més, el Govern va començar a treballar amb pressupost heretat; amb el pressupost del 2005, de to social i inversor, Castells va començar a fer-se notar. Ara ha de pactar una proposta de finançament (ja no és victimista dir que l'actual sistema és una enganyifa) i convèncer les altres autonomies perquè s'hi apuntin. Déu n'hi do.

El millor

L'increment de la despesa social en el pressupost del 2005.

El pitjor

Les contínues referències a l'herència rebuda. Sona a excusa fàcil, una mena diferent de victimisme.

4. GOVERNACIÓ

És el departament encarregat de fer canvis en la decoració de la casa. «En lloc de comarques, posarem vegueries», van pensar. I el conseller Carretero es va posar a la feina. Amb massa ímpetu potser, com el dia que va explicar per ràdio la nova ordenació territorial catalana quan només era una esborrany. Conclusió: tothom amb els pixats al ventre. Les comarques afectades opinaven sobre un nou mapa que no passava de ser un «apunt-en-un-tovalló-de-paper-del-bar-del-costat-de-la-conselleria». Els socialistes, emprenyats. Els d'ERC, «jo no he sigut, jo no he sigut!». I els d'Iniciativa... ja se sap: «per què mai ens diuen res?».

Quan no esvalota el galliner, el conseller es dedica a retallar despeses d'alts càrrecs, cosa que li pertoca de ple.

El millor

Els catalans ens podem beneficiar d'aquest anar i tornar diari pel Túnel del Cadí: potser d'aquí a 125 anys la concessionària es dignarà a abaixar cinquanta cèntims el preu del peatge gràcies als beneficis obtinguts.

El pitjor

La poca consciència sostenible del conseller Carretero. Cada dia va i ve de Puigcerdà a Barcelona.

5. INTERIOR

Aquest departament està dirigit per la consellera més mediàtica del Govern. Ha quadrat els mossos (...de Tura), ha posat setge als conductors que beuen, i posa en dubte el turisme de «platja i sangria» que es practica en alguns indrets de la costa catalana. «I a qui li piqui, que es rasqui», sembla que digui la JefaTura, nom que aviat rebran les casernes dels mossos.

El millor

La capacitat de Tura per fer amics: primer van ser els viticultors (tolerància zero), després el sector turístic (turisme de borratxera) i finalment els hotelers del Pirineu (quan les nevades).

El pitjor

Si continua aquest ritme de desplegament, a les carreteres catalanes aviat hi haurà més mossos que senyals de trànsit o barreres de peatge.

6. POLÍTICA TERRITORIAL I OBRES PÚBLIQUES

És un departament difícil per al conseller de torn, perquè l'obliga a ocupar-se de coses que potser no li importen gens, com per exemple, transports públics o carreteres que porten a llocs on ell no anirà mai. Si, malgrat tot, algú envejava el càrrec del conseller Joaquim Nadal, segur que s'ho va mirar d'una altra manera al gener del 2005, quan es va enfonsar el Carmel per un túnel que va resultar més fosc del que es preveia.

El millor

El conseller Joaquim Nadal, que és de lletres, ha fet un curs aprofundit d'enginyeria.

El pitjor

L'aprenentatge del conseller ha estat accelerat. Va començar el 26 de gener al Carmel.

7. *CULTURA*

És una conselleria que porta molta feina, de manera que la consellera Caterina Mieras no té temps de consumir cultura d'ençà que l'han nomenada. Això comporta alguna petita disfunció, similar a la que tindria el departament de Sanitat si el conseller de torn no tingués temps d'anar al metge. El nomenament de Caterina Mieras es justifica plenament pel fet que, sent com és dermatòloga, ha de treballar en un terreny ple de gent amb la pell molt fina.

El millor

Després de la Fira de Guadalajara, la cultura catalana està tan present a Mèxic que ara al guacamole li diuen allioli.

El pitjor

La fugida dels mallorquins de l'Institut Ramon Llull. Sort que la Maria de la Pau Janer s'ha casat amb el doctor Corbella.

8. ENSENYAMENT

Aquest departament va canviar de conseller al cap de trenta dies de ser nomenat, per l'efecte dòmino de la sortida de Carod del Govern. Però això no afecta el sector: els plans d'estudis, a vegades, duren igual. Les escoles han d'afrontar cada cop més l'augment d'alumnes estrangers, però no s'entén que algú ho consideri un problema: al Barça passa el mateix i tothom ho troba perfecte.

El millor

La voluntat d'aixecar noves escoles, cosa que és sobretot un benefici per al sector de la construcció, un sector que, d'altra banda, serà el destí gairebé segur de bona part dels nens i nenes que ocuparan les aules noves. O sigui que el benefici és recíproc.

El pitjor

L'entusiasme comunicatiu de la consellera, que va anunciar que paralitzava l'aplicació de la Llei de Qualitat del govern Aznar quan, de fet, no tenia competències per fer-ho. Va tenir sort que al cap de poc va ser el govern Zapatero el que va paralitzar-la.

9. JUSTÍCIA

Aquest és un departament poc mediàtic de mena; es menja marrons i quan inaugura alguna cosa, sol ser una presó, amb els veïns protestant al costat. El conseller tampoc no és mediàtic; és un senyor discret, que es diu Josep Maria Vallès, i li han demanat la dimissió per un motí al centre de Quatre Camins i perquè se li han fugat alguns presos (un d'ells, durant una visita al Fòrum de les Cultures). I ha preparat una llei, la d'exercici de professions titulades i col·legis professionals, que segur que deu ser molt interessant.

El millor

L'anunci d'inversions milionàries (hi ha més presos que cel·les, pel que sembla).

El pitjor

Les acusacions contra funcionaris de Quatre Camins per maltractar presos. Lleig, lleig.

10. AGRICULTURA, RAMADERIA I PESCA

La gran cosa d'aquest departament és que ha traslladat la seva seu central a Lleida, més a prop dels problemes del camp català i, sobretot, més a prop del domicili del conseller, Antoni Siurana. Ja sigui per la boira de Ponent, o pels continguts del departament, la gestió de Siurana ha passat força desapercebuda, tot i que en una fira uns pagesos li van tirar hortalisses (si no et passa això, no ets conseller d'agricultura). Ja se sap que, en matèria agrícola, les bones notícies i les dolentes solen arribar de Brussel·les.

El millor

El trasllat de la conselleria a Lleida, un exemple de descentralització. (La direcció general de Turisme, ¿a Port Aventura?)

El pitjor

La transparència de la gestió (en el sentit que, de tan transparent, no se la veu).

11. COMERÇ, TURISME i CONSUM,

Aquest departament té el marron d'haver de defensar els comerciants, que a Catalunya tenen majoritàriament botigues petites, i els consumidors, que prefereixen les grans superfícies, perquè hi compren més fàcilment, generalment més barat i a l'hora que els dóna la gana. En conseqüència, el conseller Josep Huguet prefereix parlar de com va de bé el Turisme.

El millor

El nombre de turistes de Barcelona, que de tant pujar sembla ja una xifra d'assistents a la Feria de Abril.

El pitjor

Josep Huguet, de reconegut expansionisme verbal, va protagonitzar una polèmica amb el conseller d'Economia Antoni Castells, per unes opinions sobre solidaritat financera catalana. Cap problema, si no fos que formen part del mateix govern.

12. TREBALL I INDÚSTRIA

Com que l'economia i l'atur van moderadament bé, el conseller Josep Maria Rañé, sindicalista històric i membre del *lobby* del PSC del Baix Llobregat, pot estar tranquil. Ell s'ha marcat com a prioritats la competitivitat, els drets laborals, l'augment de la contractació... sabent que, en gran mesura, l'èxit i el fracàs no depèn d'ell, sinó del Bundesbank i el G-7, entre d'altres *poders fàctics*. Sempre es pot atribuir els èxits, i amagar-se dels fracassos, com ara la deslocalització de les empreses.

El millor

La complicitat dels sindicats i la no-hostilitat de la patronal.

El pitjor

Cap llei en un any i mig de gestió. Què costava, home?

13. BENESTAR I FAMÍLIA

Objectiu: trobar un nou concepte de «família» que permeti un millor «benestar» entre els seus membres gràcies a un nou concepte de repartiment d'ajuts per fill. Aquest departament compta amb la consellera més jove del govern i, per tant, la que fa menys temps que era a casa vivint «dels papes». No deu ser casualitat que una de les primeres mesures fos l'ampliació d'ajuts per fill.

El millor

La decisió de permetre l'adopció a les parelles homosexuals, fins i tot si els nens adoptats no són homosexuals.

El pitjor

L'intent que dotze mil vídues catalanes tornessin un complement de tres-cents euros perquè superaven el límit d'ingressos anuals. Ja posats, també se'ls hauria pogut demanar que, com que tenen poca feina, vagin a fer «bulto» als mítings dels partits del govern. Gratis, per descomptat, i no com en l'època convergent, que se'ls posava autocar i entrepà.

14. SALUT

Algú se'n va anar de la llengua i va fer públic que aquest departament estudiava una proposta per treure de l'UVI la malmesa economia de la sanitat catalana: pagar un euro cada vegada que anéssim al metge de capaçalera. D'aquesta proposta no se n'ha parlat més després de comprovar que alguns prefereixen tenir un peu a l'altre barri que desprendre's d'un euro. De moment ens agrada més arreglar el dèficit de la sanitat agafant el cotxe per tot, patir les retencions que facin falta i contaminar el que sigui. La nostra gasolina té un impost que va directament a la sanitat. De fet, hi havia una campanya a punt que deia: «Català: si et poses malalt carrega el dipòsit o et quedaràs sense esparadrap!».

El millor

La proposta del cànnabis per a usos terapèutics. Ara ja només falta que la proposta inclogui paper i filtres.

El pitjor

La passa de grip de l'hivern del 2004. Ni amb tres partits al govern n'hi ha hagut prou per aturar el virus de la grip amb més mala llet que es recorda.

15. MEDI AMBIENT I HABITATGE

És *l'altre* departament d'Iniciativa per Catalunya, i el conseller és *l'altre* Milà, o sigui, el que no és el Lorenzo. Té el mèrit d'ajuntar el mediambient i l'habitatge, dues coses que, si no hi penses, no relaciones de cap manera, i si hi penses, no gaire. Això sí, se suposa que vigilarà que no es construeixi més amb ciment aluminós, perquè, com es va comprovar en el seu moment al barri barceloní del Turó de la Peira, les cases així no eren sostenibles.

El millor

Un dia tècnics del departament van adonar-se que a l'Ebre hi havia tants productes químics que es podria fabricar silicona per omplir els llavis i els pits de totes les dones del món, i d'alguns homes.

El pitjor

Medi Ambient apuja el preu de l'aigua a qui la malgasti. Però Habitatge no rebaixa el preu de les cases a qui les utilitzi convenientment.

16. UNIVERSITATS, RECERCA I SOCIETAT DE LA INFORMACIÓ

És el departament amb el nom més intel·lectual. Té al capdavant el conseller Carles Solà, el cursi, o CURSI (O sigui, Conseller d'Universitats, Recerca i Societat de la Informació). A ell li correspon tot el que té a veure amb les noves tecnologies. Com que és el departament dels informàtics, resol fàcilment totes les situacions de crisi política: surten de l'edifici i tornen a entrar.

El millor

Acaba d'anunciar un pla d'inversió per fomentar la recerca científica i la innovació. El pla arriba fins al 2008, així el conseller sempre pot dir que no el poden destituir a mitja feina.

El pitjor

La discreció. En molts moments ha semblat que el departament de les noves tecnologies havia quedat abduït per algun *engendro* informàtic. Potser no volien obrir els ordinadors per por que s'hi colés algun virus.

MARAGALL-CATALÀ, CATALÀ-MARAGALL

Diccionari del Tripartit

Arxiu de Salamanca. Organisme que generosament ha tutel·lat durant seixanta-cinc anys diversos documents de la Generalitat i d'altres entitats i persones que les havien cedit prèviament a les autoritats franquistes.

Benzina. Destil·lat del petroli utilitzat habitualment per finançar la sanitat.

Borratxera, turisme de. *Pack* turístic utilitzat per algunes persones amb poques pretensions culturals i que agrada més al conseller de Turisme que a la consellera d'Interior. Consisteix a anar begut des que l'avió aterra a la destinació fins que torna a marxar.

Bracons, túnel de. Infraestructura que permetrà unir les comarques d'Osona i la Garrotxa, i separar els membres del Tripartit. Entre els ecologistes se sol pronunciar malament, invertint l'ordre de la c i la br. En l'argot intern del Govern hi ha l'expressió «Fer un túnel»: Obligar Joan Saura a fer marxa enrere en algun principi inamovible.

Burro català. Són totes les persones de poques llums que viuen i treballen a Catalunya. Solen demostrar el seu baix nivell cultural preferint anar enganxats a la part externa del cotxe que còmodament asseguts a dins.

CCRTV. Terme impronunciable que designa la conjunció astral de la ràdio i la televisió públiques. Es caracteritza perquè agrada al Govern i molesta a l'oposició, sigui quina sigui, perquè hi ha molta informació del temps, i perquè té dèficit.

Clau. Objecte metàl·lic que serveix per obrir coses. Per exemple, obrir una crisi. Com un dia que en Carod la va mostrar en públic mentre cridava: «Tinc la clau!».

Comunitat nacional. Comunitat autònoma amb pretensions

Concert. Si és d'Alejandro Sanz, reuneix milers de persones. Si és econòmic, reuneix milers d'impediments.

Corbata. Peça de roba que distingeix les persones que no són consellers en cap.

Declaració. Afirmació contundent i irrebatible d'un membre del tripartit destinada freqüentment a ser desmentida, corregida o matisada al dia següent o al cap de dos dies.

Deslocalització. Depressió de treballador industrial català.

Diada. Sobrenom que rep, a Catalunya, l'11 de setembre. La classe política la passa al parc de la Ciutadella, i la majoria de catalans la celebren a la platja.

Ebre. Riu cobejat per ciutadans de Múrcia i el País Valencià que envegen la seva riquesa en residus radioactius procedents del polígon industrial de Flix.

Entesa. Grup de senadors catalans d'esquerres que no tenen sempre bona Entesa.

Estatut, nou. Text que NO s'assembla al Pla Ibarretxe.

Estatut, reforma de l'. Tal com sap tothom que ha fet reformes a casa, és un procés que se sap quan comença i no quan s'acaba.

Euro, un. Preu d'una entrada per visitar el metge de capçalera *(en estudi)*.

Euroregió. Paraula de la mateixa família que Europarlament, Euroescèptic, Eurovisió i Eurobetis. Designa la voluntat de crear lligams entre totes les regions de l'arc mediterrani, per exemple Catalunya i València; és en aquest sentit que «euroregió» guarda relació directa amb Eurodisney.

Expresident. Figura política que fins ara mai havia sortit a escena. Si el primer marca tendència, a partir d'ara tots hauran de ser baixets, despentinats i amb tos eixordadora.

Finançament. És tan important en l'estructura i el manteniment de l'autonomia de qualsevol país com la santíssima trinitat en la doctrina cristiana. I, en tots dos casos, és impossible d'entendre.

Fòrum. Espectacle brasilero-xinès consistent en una dansa a càrrec de vuit guerrers de terracota, amb música de samba de Carlinhos Brown. Ocasionalment, la *troupe* pot incorporar un alcalde amb samarreta groga ajustada.

Fresno. Ciutat nord-americana on es discuteix si un país que s'hi considera però que no ho és del tot pot arribar a tenir selecció pròpia d'hoquei sobre patins per competir contra seleccions de països que s'hi consideren i, a més, ho son.

Germà. Director General.

Hoquei. Anomenat també ENC (Esport Nacional de Catalunya). Es juga amb un estic i amb patins, i té una llarga tradició de seguiment massiu que es remunta a l'any 2004.

Immigració. Fenomen que es preveu des de fa dècades i que, quan s'ha produït, ha agafat en bragues tota la classe política.

Lloret de Mar. Localitat que ha contribuït a fer conèixer Catalunya a la resta del món, gràcies a la implantació i difusió d'una nova modalitat cultural anomenada «Turisme de borratxera».

Llull, Ramon. Director d'institut que ha tingut problemes amb uns alumnes balears.

Macau. Localitat on es va celebrar la Diada Nacional de Catalunya «B».

Maragallada. Decisió col·lectiva de tot el govern desconeguda per tots els membres del govern excepte un.

Marron. Mala notícia relacionada amb el tripartit. Si la mala notícia passa a l'hivern, com el Cas Carod, s'anomena «Marron Glacé».

Mitjans, informe sobre els. Fulls grapats en els quals es deixa verd un sector de la professió periodística catalana poc afí a la causa del tripartit. Acostuma a ser l'última feina que es fa abans de dimitir com a Secretari de Comunicació de la Generalitat.

Okupa. Abans de 2003, persona mobilitzada a favor del dret a un habitatge digne per a tothom, per damunt del principi de la propietat privada. Després de 2003, eixelebrat i desarrelat que encara no ha vist que el govern actual és enrollat i progre.

Oposició, cap de l'. Càrrec que serveix per acompanyar el president de la Generalitat en els seus viatges a l'estranger. Queda bé, no fa nosa i, sobretot, no gosa criticar qui el convida.

Parada. 1. Catalana sense feina. / 2. Exposició de mossos d'esquadra de gala davant del president i de la consellera Montserrat Tura.

Perpinyà. Ciutat de la Catalunya nord cèlebre per les visites clandestines de catalans, sigui a veure cinema o a reunir-se amb dirigents etarres.

Rupià. Destinació de cap de setmana dels presidents de la Generalitat que guanyen per vots però no per escons. Quan es guanya per escons la destinació és Queralbs.

Seleccions. Equips esportius formats pels millors jugadors d'un àmbit determinat. Per ordre d'importància de les competicions que juguen, n'hi ha de: a) Estatals, b) Escolars, c) De solters contra casats, i d) Autonòmiques.

Sellarès, Miquel. Responsable d'informes sobre els periodistes que després es filtren i que finalment no se'n coneix l'autor. Va durar una mica més que en Carod i va plegar, com sempre, amb esperit de servei al país.

SMS. Sistema de comunicació utilitzat per gent jove. També el fa servir el president de la Generalitat per tranquil·litzar alguns membres del seu govern quan apareixen a la premsa de forma negativa. Exemple: «Tranki Barga» (SMS enviat pel president Maragall al conseller en cap Josep Bargalló).

Tinell. Saló de reunions, congressos, casaments i bateigs.

Tres. Un número màgic. Designa el nombre de partits que formen part del govern.

Tres per Cent. Número encara més màgic. Pronunciat per Pasqual Maragall pot desfermar una tempesta política de dimensions imprevisibles.

Valencià. Persona de sexe masculí nascuda a València./ Llengua nascuda a València, que té diverses varietats parlades a Catalunya, Balears i la Franja oriental de l'Aragó.

Vegueria. O sigui, seria com una província, però més petita, i projectada des de Catalunya, és a dir, no projectada sinó pensada en funció d'un criteri, vàlid o no, com les comarques però més gran, i de fet... uff!

Zero, tolerància. Eslògan destinat a aconseguir que la gent no begui quan condueix (segons la consellera Tura) o no condueixi quan beu (segons el conseller Siurana).

II. DOCUMENTS CONFIDENCIALS

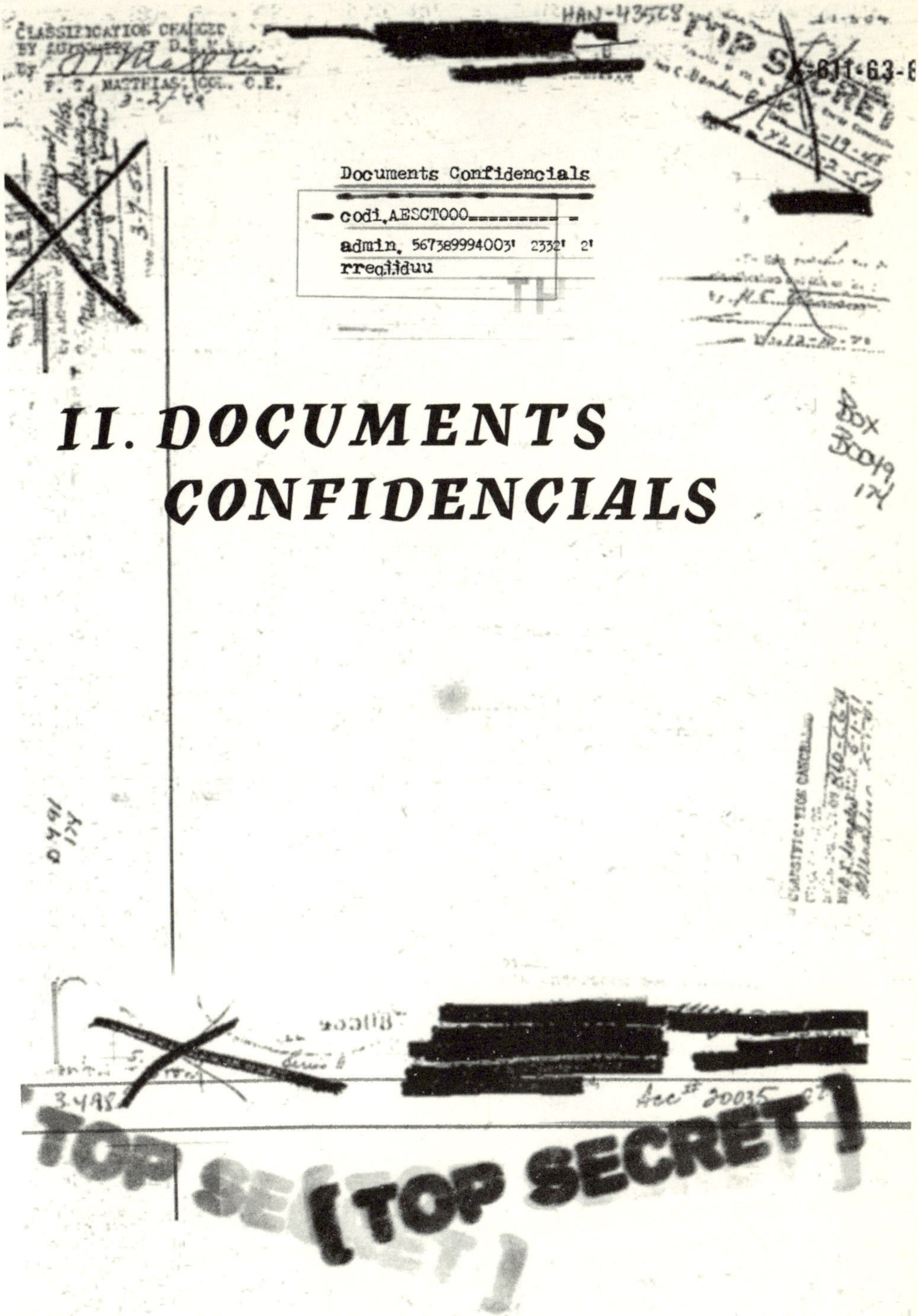

L'arribada del tripartit a la Generalitat ha generat en un any un munt de documentació confidencial i secreta, majoritàriament divulgada als mitjans de comunicació per membres del mateix govern.

De tota manera, hi ha papers que, pel fet de tractar assumptes especialment sensibles, han aconseguit mantenir-se entre els murs de Palau. Altres documents tampoc no han sortit a la llum pública pel seu caràcter especialment inútil.

Minoria Absoluta ha tingut accés a alguns d'aquests papers secrets, i ara es disposa a divulgar-los, amb la seva voluntat inequívoca de servir el país.

Són els següents:

- Una recentíssima enquesta encarregada pel Govern per conèixer l'opinió dels catalans sobre l'any de tripartit.
- Un informe de Joan Saura a la comissió (o era comitè?) nacional (o sectorial?) executiva (consultiva?) d'Iniciativa per Catalunya (o d'Iniciativa-Verds-Esquerra-Unida-i-Alternativa).

– L'arbre genealògic de Josep Lluís Carod-Rovira, elaborat per una empresa privada i que Carod es va deixar en un calaix quan va abandonar la Conselleria en Cap.
– Correus electrònics incruents que s'han enviat els dos líders de Convergència i Unió, Artur Mas i Josep Antoni Duran Lleida.
– Missatges SMS entre Joan Saura i Imma Mayol.
– Un manual secret d'instruccions a caps de premsa.
– I el document més secret i més cobejat de tots: l'organigrama del departament de la Presidència.

ENQUESTA POC MANIPULADA

Els catalans i el nou govern

Enquesta sobre la valoració que fan els catalans del nou Govern de la Generalitat (Gener 2005)

RESPONSABLE: Àrea d'enquestes públiques (adscrita a la Direcció General de Jocs i Apostes de la Generalitat).

MODEL: Test Orientatiu sobre la Naturalesa Global Orientativa (TONGO).

FITXA TÈCNICA: No disponible (la teníem no sé on, però ara no hi caiem).

1.- Com valora l'obra de govern del tripartit, un any després d'arribar al govern?

a.- *Excel·lent*

b.- *Immillorable*

c.- *Difícilment superable*

2.- Un any després de l'arribada del tripartit al Govern, a Catalunya s'hi viu...

a.- *Com enlloc*

b.- *Molt millor*

c.- *De conya*

3.- Com ha notat aquesta millora?

a.- *En l'augment d'orgasmes*

b.- *En l'augment de punts estrella*

c.- *En el silenci de la meva sogra*

4.- Concretament, la situació econòmica personal és ara...

a.- *Molt millor que fa només un any*

b.- *No sé què fer-ne dels diners*

c.- *Els bancs em posen catifes quan hi entro*

5.- Puntuï del 9 al 10 els diferents membres del Govern:

a.- *Josep Bargalló*

b.- *Joan Saura*

c.- *Quim Nadal*

6.- Ara puntuï la gestió del president de la Generalitat en una escala del 10 al 10:

a.- *10*

7.- En el més que improbable cas de disconformitat amb alguna de les obres del govern, podria concretar en quina?

a.- *És que ara no me'n recordo*

b.- *N'hi havia una però era culpa del govern del PP*

c.- *Aquesta pregunta m'ofèn*

8.- Faci un esforç, però, i assenyali algun defecte del govern tripartit

a.- *El pentinat de Caterina Mieras*

b.- *Les ulleres de Joaquim Nadal*

c.- *Les taronges del pati dels tarongers*

9.- Farem un últim intent: què és el que més el preocupa?

a.- Res

b.- Nada

c.- Els ressentits de Convergència i Unió

10.- Amb quina regularitat segueix les sessions de control al President que es fan al Parlament?

a.- Sempre

b.- Cada dia

c.- Quan no llegeixo l'obra completa del poeta Joan Maragall

11.- Com valora les intervencions del president de la Generalitat?

a.- Brillants

b.- Formatives

c.- De colló de mico

12.- I les del cap de l'oposició?

a.- Horribles

b.- Patètiques

c.- Pròpies d'un dirigent de Convergència i Unió

13.- Quan l'oposició apareix a TV per criticar les actuacions del tripartit...

a.- Prefereixo el vídeo del meu casament

b.- Poso «Aquí hay tomate»

c.- Aprofito per trucar a la mare

14.- Ara li preguntaré per alguns polítics. Digui'm si els coneix i puntuï'ls.

	El coneix	*Nota*
Pasqual Maragall	*100%*	*10*
Josep Bargalló	*98%*	*9,3*
Joan Saura	*98%*	*9,2*
Artur Mas	*1,5%*	*2*
Josep Piqué	*0,2%*	*0,3*

15.- El president de la Generalitat, Pasqual Maragall, li inspira personalment...

a.- Molta confiança

b.- Confiança cega

c.- Música celestial

16.- I el secretari general de Convergència, Artur Mas...

a.- Fàstic

b.- Fàstic

c.- Fàstic

17.- En el cas que no li produeixi fàstic, què més li produeix?

a.- Urticària

b.- Al·lèrgia

c.- Diarrea

18.- Li queda algun improperi/insult per referir-se als dirigents del PP?

a.- Els vaig gastar tots la vigília de les últimes eleccions generals quan veia per televisió Rajoy, Acebes o Zaplana

b.- Me'n queda un però me'l guardo per quan torni a ser necessari

c.- Sóc votant del PP

(En el cas d'haver optat per la tercera opció, no cal que continuï l'enquesta. Deixi el bolígraf damunt la taula i dirigeixi's al Centre d'Assistència Primària més proper. Un metge l'atendrà amb molt de gust i l'hi aplicarà un tractament de xoc molt efectiu que ha tingut grans èxits entre exvotants del PP.)

19.- Suposant que demà es celebressin eleccions autonòmiques, a quin partit votaria?

PSC	*99%*
ERC	*99%*
IC-V	*99%*
CiU	*3%*
PP	*1%*

20.- És capaç de recordar alguna decisió del govern de Convergència i Unió?

a.- El transvasament de l'Ebre

b.- La política d'abocadors

c.- Tinc molt mala memòria

21.- Quina opinió li mereix que els catalans paguem un impost per la benzina per eixugar el dèficit sanitari?

a.- Una gran idea

b.- A casa el caldo el fem amb benzina

c.- M'he comprat quinze cotxes per gastar més benzina

22.- Què li semblaria que els catalans paguéssim un euro cada vegada que ens visités el metge de la sanitat pública?

a.- Una gran idea

b.- M'he donat de baixa de la mútua privada per poder pagar

c.- Jo faria pagar cinquanta euros

23.- Té alguna opinió formada sobre l'absència de corbata en el vestuari del conseller en cap, Josep Bargalló?

a.- Em sembla perfecte (resposta per a votants d'ERC)

b.- Em sembla desconsiderat, però si el president no diu res... (resposta per a votants del PSC)

c.- Em sembla una decisió sostenible perquè si tothom fes el mateix preservaríem la fauna de la família dels cucs de seda (resposta per a votants d'ICV)

d.- No tinc cap opinió sobre aquest tema ni sobre cap altre (resposta per a votants de la resta de partits)

24.- Creu que la polèmica del 3% està justificada?

a.- No

b.- I ara!

c.- Els convergents tenen la pell molt fina

Per acabar, li farem algunes preguntes més generals.

25.- Quina opinió li mereixen les imitacions que es fan dels polítics en alguns programes de ràdio i televisió?

a.- *Patètiques*

b.- *Horribles*

c.- *Millorables*

26.- Si vostè circula per una carretera i es perd, què pensa?

a.- *Que la culpa és de l'anterior govern per la mala senyalització*

b.- *Que la meva parella no en té ni idea de mirar un mapa*

c.- *Que la propera vegada aniré amb tren*

27.- Quina és la seva posició preferida per agafar el son quan se'n va a dormir?

a.- *D'esquena a la foca de la meva parella*

b.- *Amb el cap als peus del llit*

c.- *El 69*

28.- Amb quina regularitat manté relacions sexuals amb la seva parella?

a.- *Després de veure per televisió un debat del Parlament de Catalunya*

b.- *Cada cinc minuts*

c.- *El primer dimecres de cada mes que no tingui trenta-un dies*

Gràcies per la seva col·laboració. Persones com vostè ajuden a fer de Catalunya el país que tots volem.

JO, L'HEREU UNIVERSAL DE GUIFRÉ EL PILÓS

L'arbre genealògic de Carod-Rovira

Beth
El Periz (d'El Cor de la Ciutat)
Joan Laporta
J.L. Carod-Rovira
Apel·les Carod
Mare/Pare Carod
Lluís Companys
Gandhi
Abraham Lincoln
Ramon Llull
Jaume 1
Guifré el Pilós
Sant Fèlix
Jesucrist
Moisès
Déu
"El meu arbre genealògic"
per Carod-Rovira

AMB DESPATX I SECRETÀRIA DE DEBÒ

Informe de Joan Saura a la direcció d'IC

Tots els partits que formen el Govern estudien com els afecta la seva presència en l'Executiu i com aconsegueixen fer-s'hi notar. Minoria Absoluta ha tingut accés a un document intern d'un dels tres socis de Govern, Iniciativa per Catalunya-Verds/Esquerra Unida i Alternativa (que en realitat no és un dels tres socis, sinó dos, però no dos dels tres, sinó dos que formen un dels tres. S'entén, oi?).

Consideracions diverses —en un món divers— sobre l'actuació d'ICV-EUiA al govern de la Generalitat

Companyes i companys del ~~comitè~~ comissió ~~executiva~~ política ~~general~~ nacional d'Iniciativa per Catalunya Verds~~-Esquerra Unida i Alternativa~~ :

Aquests dies es compleix un any de l'esclatant victòria del nostre ~~partit coalició~~ federació en les eleccions autonòmiques, victòria que ens va donar l'accés al govern, patrimonialitzat fins llavors pel nacionalisme conservador.

Els nostres candidats i candidates van ser votats i votades per l'elit intel·lectual de la societat, per amplíssimes capes de les classes populars, i fins i tot per destacats i destacades representants del quart món, que reclama la nostra atenció permanent.

Malgrat tot, la falta d'una llei electoral pròpia de Catalunya, per la ineficàcia manifesta del nacionalisme conservador, va impedir que els nostres homes i dones poguessin governar en solitari.

Per això jo mateix vaig conduir les negociacions que van desembocar en el pacte del Tinell, l'acord que alguns companys i companyes anomenen «Pacte Saura».

Iniciativa per Catalunya Verds ha estat molt generosa en aquestes negociacions. D'entrada, vam acceptar que la presidència de la Generalitat correspongués al company i companya Pasqual Maragall, que no pertany al nostre ~~partit coalició~~ federació.

Després vam proposar que el conseller en cap tampoc no fos una persona d'Iniciativa, per no donar sensació de voler acaparar poder.

A l'hora de repartir les conselleries, vam rebutjar les més compromeses, i vam aconseguir tenir-ne només dues, cosa que ens permet centrar-nos en uns aspectes concrets, i no dispersar esforços.

Això sí, la gran habilitat dels nostres negociadors va facilitar que assumíssim el departament amb el nom més llarg: Relacions Institucionals i Participació Ciutadana.

Vull aclarir ara un concepte bàsic que sé que s'ha comentat molt en assemblees i reunions de companys i companyes del ~~partit coalició~~ federació:

És cert que malgrat tots els acords que hem signat els darrers deu anys, el repartiment de conselleries no respecta la paritat de sexes, fet que es pot detectar clarament observant-me a mi i al company Salvador Milà, conseller de Medi Ambient i Habitatge. Sobre això he de dir:

A) En un primer moment, quan se'm va parlar de Milà per ocupar un dels departaments, vaig creure que es referien a Mercedes Milà. Tot i no tenir-ne constància clara, entenia que pogués sentir simpatia cap al nostre ~~partit coalició~~ federació, ja que és persona llegida i intel·ligent.

B) Quan vaig saber que la persona que se'm proposava per acceptar la conselleria era Salvador Milà, vaig intentar convence'l de fer-se un canvi de sexe. Ja sabeu que des d'ICV reclamem que el canvi de sexe sigui pagat per la seguretat social, com a dret inalienable de tota persona a la felicitat. (Alguns companys i companyes, entre ells el portaveu parlamentari Joan Boada, consideren que aquest dret comporta també la gratuïtat dels empelts capil·lars.)

C) El company Milà no trobava adient aquesta possibilitat, i en canvi em va suggerir solidàriament que fos jo qui assumís una personalitat femenina. Com que el Govern vol reconèixer la igualtat de drets de les parelles homosexuals, la meva relació sentimental amb l'Imma Mayol no tenia per què trontollar. Tanmateix, vaig refusar: era totalment antisostenible la despesa energètica que hauria d'assumir l'hospital encarregat de l'operació, i impedia al personal sanitari poder conciliar adequadament la vida laboral i la vida familiar.

D) Un cop acceptat que tots dos consellers fóssim membres del sexe masculí, calia compensar el desequilibri per alguna banda. I així ho vam fer: les dues secretàries dels departaments són dones.

També vull respondre a una altra reclamació d'alguns companys i companyes ~~torracollons~~ participatius que han exigit conèixer com s'aplica la sostenibilitat a la nostra actuació política. Donaré alguns exemples:

Hem aconseguit reduir al màxim el nombre de decisions del Govern, per poder estalviar paper.

Les notes interiors del govern es fan a la cara del darrere de les notes interiors de l'anterior govern, per reciclar-les. És una decisió molt útil, tot i que hagi comportat algun malentès ocasional (per exemple, quan diversos funcionaris del departament van llegir la cara equivocada d'una nota i van recollir diners per comprar un regal a Artur Mas amb motiu del seu aniversari).

Als dinars que cada dilluns celebra la cúpula del govern a la casa dels canonges s'utilitza un sol plat per comensal.

Al Palau de la Generalitat està prohibit encendre els llums abans de les nou del vespre, per estalviar energia. Considero que aquesta mesura és necessària, fins i tot acceptant que tingui alguna cosa a veure amb l'augment de baixes per traumatisme entre els funcionaris de l'horari de tarda.

Menció especial mereix la nostra intervenció durant la crisi del Carmel. Detallo els motius pels quals hem estat determinants:

a) Hem forçat el Govern a reutilitzar la runa de les cases enfonsades.

b) Hem recuperat els contenidors de reciclatge enfonsats en l'esvoranc.

c) Hem pressionat perquè les promeses als veïns afectats siguin verbals i no per escrit, cosa que permet reduir la despesa en paper i tinta, i estalvia l'energia de les impressores.

Finalment, he de respondre a les queixes dels companys i companyes indignats per les sospites de cobrament de comissions del tres per cent en la concessió d'obres públiques: companys/es, entenc que si vosaltres no heu cobrat mai us sentiu tontos/es. Malgrat tot, no considero, com algú proposava, que es pugui considerar justícia social la proposta de reclamar a les constructores els endarreriments de les comissions no cobrades.

Amb tot això, queda demostrada a bastament la iniciativa d'Iniciativa. (És un toc d'humor, companyes i companys.)

Joan Saura, conseller de Relacions Institucionals i Participació Ciutadana i president d'Iniciativa per Catalunya Verds, federació coalitzada amb Esquerra Unida i Alternativa, secció catalana d'Izquierda Unida.

LA CIBEROPOSICIÓ

Intercanvi d'e-mails entre Mas i Duran

Després de guanyar per escons i per pèls, però no per vots, Convergència i Unió va veure amb estupor com els seus escolanets tradicionals, els d'ERC, els deixaven de banda per regalar la Generalitat als socialistes. L'impacte va ser tan fort que, en certa manera, encara no se n'han recuperat del tot.

Aquest intercanvi de correus electrònics entre els dos principals líders de CiU —Artur Mas i Josep Antoni Duran Lleida— revela aquest desconcert de tot un any. Es tracta d'un arxiu ultraconfidencial que els serveis secrets de Minoria Absoluta van aconseguir a la seu central de la federació nacionalista, fent-se passar per cosins d'en David Madí.

De: J.A. Duran Lleida
Per a: Artur Mas
Data: 17 novembre
Afer: FELICITATS !!

Artur: Un cop més. Felicitats! Felicitats! Gran victòria. Estava cantat, no podia ser d'una altra manera. Ja sé que no s'ho creia ningú excepte tu i l'Helena, la teva dona, però ara que ho penso, era inevitable que Catalunya ens donés la seva confiança. Ens la donés a tu i a mi, el tàndem guanyador d'aquestes eleccions. Molt bé. Truques tu a en Carod o li truco jo? Jo ja li he enviat flors. I demà me l'emporto al Semon. El tindré entabanat abans que portin l'arròs amb tòfona blanca.

DURAN.

De: Artur Mas
Per a: J.A. Duran Lleida.
Data: 17 novembre
Afer: CATALUNYA DAVANT DE TOT

Duran: Gràcies per la felicitació per la meva victòria, que encara que és un èxit individual i intransferible, gustosament en comparteixo les engrunes amb tots vosaltres. No hem de llançar les campanes al vol, sinó ser prudents, però Convergència es quedarà Obres Públiques, Ensenyament, Economia, Treball, Justícia, Sanitat i Cultura, com a mínim. Vosaltres ja em direu què us interessa, però en principi compto que a en Carod li podem donar Política Lingüística, i prou. Sempre som a temps de donar-li alguna cosa més, si es posa tossut. Digue'm com t'ha anat el sopar.

ARTUR

De: J.A. Duran Lleida.
Per a: Artur Mas
Data: 12 de desembre
Afer: TRAÏCIÓ!

Artur: El gran traïdor botifler casteller esquerrer del bigoti de morsa ens ha traït a nosaltres i a Catalunya, per aquest ordre. La magnitud de la tragèdia és tal, que només a l'agrupació de l'Eixample del partit en tinc quaranta-un que se'n van a l'atur. Quaranta-una famílies esguerrades pel caprici d'en Carod. Proposo guerra total al tripartit. Truques tu al Piqué o li truco jo? Jo me l'emporto al Via Veneto dissabte. Que consti, Artur, que ja et vaig dir que amb una victòria estreta no en teníem prou. Que no ets en Pujol. I que et convé una cura d'humilitat i deixar-te aconsellar. Això va per tu i pels noiets de la teva guàrdia montserratina.

DURAN

De: Artur Mas
Per a: J.A. Duran Lleida.
Data: 25 desembre
Afer: BON NADAL

Duran: Tot i l'adversitat, tot i el llarg hivern que comença, et desitjo bon nadal a tu i a tota la família democristiana catalana. Podria haver felicitat a tots els militants d'Unió individualment (sou tan poquets...) però és que estic atrafegat perquè he de dirigir una federació, saps? Pel que fa a això de parlar amb en Piqué, fes el que et sembli, però ja estic escaldat de pactar amb els peperos. La gent, al final, no ens ho agraeix. El que hem de fer és fer notar les desgràcies que ERC provoca en el tripartit, cosa que no té res de difícil; jo ahir pensava fer una roda de premsa per oferir-nos a en Maragall per salvar el país, però en Sostres m'ha dit que no ho faci, que els del PSC van vestits del Zara i no sé què més. Per tant, no ho faré.

Bones festes.

ARTUR

De: J.A. Duran Lleida.
Per a: Artur Mas
Data: 14 de gener
Afer: Oé, oe, oeeeeeee !!!

Artur: En Carod ja ha saltat. A por ellos, oeeeee, a por ellos, oeeeeee... Només algú tan egòlatra i prepotent com en Carod se li podia acudir anar a fer una visita de cortesia als d'ETA sense avisar en Maragall. Per què no presentem una moció de censura? Tu podries ser president, jo conseller en cap... Jo no me n'aniria a reunir-me amb ningú, he he he he... I el 2007 tu et retires a escriure les memòries, que ja t'ho mereixes, i jo sóc President. Ho fem o què? Demà dino al Neichel amb en Rosell, el de Foment. Li ho comento, eh? Eh? Eh?

DURAN

De: Artur Mas
Per a: J.A. Duran Lleida.
Data: 19 de març
Afer: NI PARLAR-NE

Duran: Després de pensar-ho molt, t'he de dir que no a la proposta de canviar-nos el nom. Això d'UiC (Unió i Convergència) no m'acaba de sonar bé. Entenc els bons propòsits que perseguia la teva idea, però mira, sóc conservador de mena, què hi farem. Proposo que fem una roda de premsa conjunta per anunciar que Catalunya se'n va a la porra. Saps on la podríem fer, la roda de premsa? A la porra. Ha ha ha ha ha ha ha ha ha ha. Perdó, ja semblo aquell que m'imita. Però és que estic molt estressat, això de l'oposició és molt avorrit. Què t'he d'explicar a tu, no? Ànim, que vénen dies millors. En Madí m'ha portat una enquesta que diu que el cinquanta-u per cent dels catalans creuen que tinc menys canes que en Maragall. Creus que és un rampell conjuntural o un corrent d'opinió de llarga durada?

MAS

De: J.A. Duran Lleida.
Per a: Artur Mas
Data: 28 de juny
Afer: NOTÍCIES FRESQUES

Artur: Ahir vaig sopar amb en Quim Nadal al Celler de Can Roca, en un municipi del Gironès, i em diu que estan tips d'aguantar les criaturades dels d'Esquerra. Jo crec que ens volen proposar alguna cosa. Què et sembla si jo em postulo per pactar amb ells, tu dius que no, i després ho fem, i tu dius que jo tenia raó? A primera vista pot semblar que tu quedes malament, però és pur tacticisme. L'important és que al final pactaríem amb ells, ERC se n'aniria a pastar fang, i tu no t'hauries de cremar: ja entraria jo al Govern. Li he consultat a en Pujol i no m'ha dit ni que sí ni que no; en el seu cas, això vol dir que endavant, oi? Després ens quedaríem amb TV3, fotem en Sánchez Llibre de cap d'informatius i a viure. Oi que és bona idea?

DURAN

De: Artur Mas
Per a: J.A. Duran Lleida.
Data: 19 de març
Afer: SITUACIÓ ACTUAL

Duran: La direcció de CDC ha analitzat els *teus* resultats a les eleccions generals del dia 11, i ha constatat que ningú, ni tan sols en Trias, havia obtingut un balanç tan pobre. Per descomptat, no és culpa estrictament teva; el problema és que la gent veu que ets d'Unió i aleshores no s'ho acaben de creure. Però en fi, així és la política. Jo vaig guanyar, tu has perdut. Injust? No ho sé, però vol dir alguna cosa. Per començar vol dir que aquí mano jo i que tots els nostres enclavaments de poder polític (és a dir, l'ajuntament de Tarragona) s'han de centrar a fer possible el meu accés a la presidència de la Generalitat el 2007, si no abans. Espero el mateix de la gent d'Unió. I tu vigila perquè en Zapatero li fa més cas a en Puigcercós que a nosaltres. Si en Miquel Roca aixequés el cap, se'n faria creus. Encara sort que està tan entretingut comptant milions d'euros, que no sap ni que estem a l'oposició.

ARTUR

De: J.A. Duran Lleida.
Per a: Artur Mas
Data: 11 de setembre
Afer: VISCA CATALUNYA

Artur: Només és per desitjar-te bona Diada. I per dir-te que no ens espereu al paripé aquest que ha muntat en Maragall a la Ciutadella. Només ens falta sentir en Llach i en Serrat de bon matí. Els del comitè de govern celebrarem la Diada anant a dinar tots junts al Racó de Can Faves (resulta que un regidor nostre de Sant Celoni fa anys). Si voleu venir a prendre un cafè, hi esteu convidats. Hem parlat de la situació política, i sembla evident que les coses no li poden anar pitjor al tripartit. Així ho reflecteixen les enquestes d'opinió, fins i tot les d'ells. (Això de manipular enquestes, és un art que no s'hereta, segur que en Madí hi està d'acord.) També diuen les enquestes que nosaltres no ens mengem un *rosco* i que les teves expectatives electorals estan com estaven. És a dir, o convencem els d'ERC, o no tornarem al poder mai. O sigui, si no pactem amb el PP, ni amb el PSC, només ens queden els castellers, no trobes? Ja sé que són uns pagesos, què m'has de dir a mi, vaig dinar amb en Bargalló a ca l'Isidre i es va beure l'aigua amb llimona de netejar-se les mans... Però per Catalunya el que calgui.

DURAN

De: Artur Mas
Per a: J.A. Duran Lleida.
Data: 25 de desembre
Afer: BON NADAL

Duran: Ha passat un any, sembla mentida. Un any a l'oposició es fa més llarg que un any al govern, però això ja ho sabíem. En Trias insisteix a quedar tots junts i fer l'amic invisible com a bons companys de federació. Diu que de cara a la premsa quedaria bé. Si tu hi estàs d'acord, ho farem. I si no també, que per alguna cosa nosaltres som el soci principal. Podeu triar el restaurant, no et discuteixo que d'això tu en saps més... Apa, records a la família i a veure si el 2005 ens surt millor que el 2004. No costarà gaire, no trobes, «Míster 10 diputats al Congrés», gran esperança blanca i no sé què més?

ARTUR

De: J.A. Duran Lleida
Per a: Artur Mas
Data: 5 de febrer
Afer: CARMEL ENVERINAT

Artur: No cal dir que és deplorable el que ha passat al Carmel. He intentat anar-hi per donar suport als veïns, però m'he perdut. Tu saps per on cau? I saps si hi ha algun restaurant decent per anar a dinar després? Dit això, em sembla que la Providència ens ha enviat aquest regalet per facilitar-nos la feina. És el moment de matxacar en Maragall i en Nadal.
PD: ... I, per cert, no t'ho prenguis malament, però el meu estimat Felip Puig, té res de què preocupar-se, com a exconseller d'Obres Públiques?

DURAN

De: Artur Mas
Per a: J.A. Duran Lleida.
Data: 3 de març
Afer: TRES PER CENT

Duran: Estic d'acord amb tu, en Maragall ha de dimitir i convocar eleccions anticipades, per dir el que va dir sense aportar proves. Però la campanya electoral, com la paguem? Haurem de demanar als militants que aportin una part del seu sou, una *derrama* extra. Què et sembla el tres per cent? És per dir una xifra a l'atzar...

ARTUR

MANANT EN FAMÍLIA

Saura-Mayol: una relació amb SMS

Els missatges a través del telèfon mòbil van ser importants en la formació del tripartit. I també en l'any posterior. De fet, el mateix president Maragall utilitza de forma compulsiva aquesta forma de comunicació per relacionar-se amb els membres del seu govern. Minoria Absoluta ha accedit a l'intercanvi de missatges entre el Conseller de Relacions Institucionals i Participació, Joan Saura, i la seva companya i tinent d'alcalde de l'Ajuntament de Barcelona, Imma Mayol. Ajuden a entendre alguns dels fets que han marcat l'any de vida del tripartit. De fet, podrien obrir les finestres dels despatxos respectius i dir-s'ho de costat a costat de la plaça de Sant Jaume. Però quedaria lleig. Aquesta n'és una acurada selecció.

Saura: «Tnc reunió amb Psqual. crec que pillem. Crovira no flla.»
Mayol: «K té a veure si CR folla o no folla?»
Saura: «Vll dir que no falla. K sta per govern d'skerres. Nsltres, 2 conslleries!»

Mayol: «Per menys de 3 no tornis a kasa.»

Mayol: «Clos stá fatal. em diu algo de Crovira i Perpinyà. Cada dia stá pitjor»

Saura: «Clos té raó x 1 vgada. Aixo sakaba. No vinc a sopar.»

Mayol: «Tomaquets seguiran snse gust de tomàquet?»

Saura: «Crec k si. Govern poc sostnible. No m'ha donat emps ni dnviar 1 fax»

Mayol: «Portabella em tira els trastos!»

Saura: «Mkagontot! Aramteix em chivo al Bargalló»

Saura: «K prfereixs per sopar: shawarma o humus?»

Mayol: «Fns collns dmnjar etnic. truita patates»

Saura: «tnc el bus statut a baix. vens a donar 1 volt?»

Mayol: «no puc. marron forum x variar»

Saura: «k passa?»

Mayol: «sakabat la pila placa fotovoltaica»

Saura: «k la tirin a contnidor adequat!»

Mayol: «plasta»

Mayol: «kari: es recicla el suc dls berberetxos?»

Saura: «al pot de oli usat. farem sabó»

Mayol: «no portis bokatas. Els fan llnçar a l'ntrada forum!»

Saura: «jals he fet»

Mayol: «x demà smorzar»

Saura: «treu kap x fnestra»

Mayol: «holaaaaaaaa»

LA TRANSPARÈNCIA BEN ENTESA

Manual d'instruccions per a caps de premsa

Cada departament del Govern té un cap de premsa que es cuida de les relacions amb els periodistes i de controlar la informació relacionada amb el seu conseller per tal de ...

a) transmetre-la.
b) ometre-la.
c) filtrar-la.
d) manipular-la.
g) dir-la abans d'hora.
h) dir-la massa tard.

Tot i que molts caps de premsa fan esforços sincers per complir amb el punt a, el cert és que sovint es veuen obligats a anar més enllà. Tot s'hi val per preservar la imatge del conseller respectiu.

Això ja passava en els remots temps de CiU, però ara el *problema* s'ha multiplicat per tres. Amb l'arribada al poder de les esquerres, els tres partits van repartir-se les conselleries, van adjudicar-hi caps de premsa afins, i van elaborar, cadascun a la seva manera, un manual perquè els nous caps poguessin fer la seva tasca de la manera més positiva (per als partits respectius) i generant com menys marrons millor. Com s'ha pogut comprovar en aquest primer any, se n'han sortit a mitges...

Minoria Absoluta us ofereix, en exclusiva, el text d'aquests manuals, que són absolutament secrets. Vaja, no els coneix ni en Miquel Sellarès.

COM RENDIBILITZAR L'ACCIÓ DE GOVERN

De: Consell Nacional d'ERC
Per a: Caps de premsa dels departaments d'Ensenyament, Comerç, Consum i Turisme, Governació, Universitats i Recerca, Conselleria en Cap.
Afer: Recomanacions diverses.

Company cap de premsa: Visca Catalunya lliure! Independència o mort! Una nació una selecció! Dit això, se t'informa que, mentre no arribi el moment de la plena sobirania, haurem de tragar amb el que tenim, i compartir el poder amb neoespanyolistes i botiflers de tota mena. Per tal de minimitzar els efectes d'aquesta desgràcia, la teva tasca com a cap de premsa s'ha de basar en els següents manaments de la llei del senyor (Carod):

1. *Tots els èxits dels consellers de PSC i ICV han de ser considerats èxits del govern en conjunt.*
2. *Qualsevol encert del Govern és atribuïble al conseller en cap.*
3. *Qualsevol error del conseller en cap és atribuïble al President.*
4. *Els èxits dels consellers d'ERC s'han de presentar com un triomf assolit malgrat les reserves dels seus socis de govern.*
5. *Els errors dels consellers d'ERC, per regla general, són atribuïbles a les travetes d'Ernest Maragall.*
6. *Si en Carod-Rovira fa alguna aparició pública de les seves, agenolla't i a resar (ja pots preparar el comunicat aquell que diu que se l'està criminalitzant, model 3).*
7. *Si en Carod-Rovira ordena alguna cosa al nostre departament, cal esperar la confirmació preceptiva d'en Puigcercós.*

5\. *Si en Puigcercós ordena alguna cosa al nostre departament, cal esperar la confirmació preceptiva d'en Carod-Rovira.*

6. *Fes el que calgui perquè el nostre conseller/a segueixi les recomanacions següents:*
    a) *Assistir mensualment a alguna exhibició castellera*
    b) *No parlar d'economia si no és imprescindible.*
    c) *Dir, de tant en tant, expressions com «conjuntura», «input» i «racionalització».*

PSC

Què fer en cas d'escàndols

De: Comitè executiu PSC
Per a: Caps de premsa dels departaments de Presidència, Economia, Obres Públiques, Sanitat, Cultura, Justícia, Indústria i Treball, Agricultura, Ramaderia i Pesca.
Afer: Normes d'actuació.

Company cap de premsa: Ara que per fi tenim la Generalitat, després de l'esclatant victòria en vots de Pasqual Maragall, ara que som els reis del mambo i dominem tot el poder públic a Catalunya i a l'Espanya plural, resulta que el destí ens ha condemnat a compartir el poder autonòmic amb una colla de hippies amb bicicleta i excursionistes amb trabuc. La gent d'ERC i ICV són de bona pasta (especialment els d'ICV, que creuen més) però no tenen ni idea del que és governar, per tant se'ls ha de tenir a ratlla.

(...) Aquí tens un seguit de recomanacions sobre què cal fer si la premsa hostil destapa alguna calúmnia que impliqui el teu conseller en algun afer equívoc, imprecís o mal interpretat (el diari en dirà «escàndol de corrupció», pero tu ni cas).

1. *Si es destapa algun ~~escàndol~~ malentès que afecta el nostre conseller, el protocol a seguir pel departament de premsa és el següent:*
    - *a) Negar-ho tot rotundament.*
    - *b) Anunciar l'inici d'una investigació interna.*
    - *c) En la mesura del possible, carregar el mort a ERC.*
    - *d) Si l'opció c no és viable, insinuar que l'~~escàndol~~ malentès prové del govern anterior.*
2. *Si el nostre conseller és una dona, atribuirem l'aparició de l'escàndol a una nova mostra de sexisme.*

3. *Si truquen d'emissores de ràdio, millor no posar-s'hi.*
4. *Si truca l'*Avui *o* La Vanguardia, *fem que algú agafi l'encàrrec. Pel que fa a* El País *i* El Periódico, *no cal patir, que aquests ja parlen directament amb el conseller.*
5. *En cas d'escàndol relacionat amb diners, la terminologia s'ha d'ajustar a la taula següent:*

INCORRECTE	*CORRECTE*
Corrupció	*Irregularitat*
Desfalc	*Incidència comptable*
Comissió	*Incentiu*
Ocultació	*Buit documental*
Notícia	*Intoxicació/rumor*

6. *En cas d'escàndol sexual relacionat amb el conseller/a, la postura oficial del departament serà demanar respecte escrupolós per la vida privada del conseller (però a veure si ens poden passar les fotos, porfa).*
7. *Si la imatge del conseller/a queda seriosament tocada, es procurarà que aparegui fent un* cameo *en un episodi de «Jet-Lag» o «El cor de la ciutat».*

ICV
Iniciativa per Catalunya Verds

Impregnar l'acció de govern

De: Comissió Política Nacional ICV
Per a: Caps de premsa dels departaments de Relacions Institucionals i Participació, Medi Ambient i Habitatge.
Afer: Estendre l'esperit roig-i-verd

Company/companya: Com a cap/a de premsa del teu/teva departament/a, tens la responsabilitat de fer que l'esperit/a d'Iniciativa, el missatg@ que s'amaga darrere els/les colors/es roig i violeta, impregni el conjunt/a de l'acció del Govern/a. Ja sabem que els companys/es socialistes/os tenen menys sensibilitat ecològica que, per exemple, un magnat del petroli ianqui, fumador i maltractador; també sabem que els d'ERC, encara que els voten el dobl@ que a nosaltr@s, no tenen ni idea del que volen els/les éssers vius/vives d'aquest/a ecosistema nacional que és Catalunya, però hem de colar el missatg@ com sigui. Aquí tens algunes recomanacions que et poden ser útils. Res més. Pau i tai-xí.

1. *Tots els comunicats de premsa, invitacions, etc. s'han de fer arribar amb paper reciclat, i impresos en mode «borrador» per estalviar tinta.*
2. *Tots els trajos del conseller han de ser comprats en botigues de comerç just. I si no a Antonio Miró (corre la brama que ens vota).*
3. *En les comunicacions oficials, el nostre conseller no és el conseller, és «el/la conseller/a». Així si cessa i el substitueix una dona, podrem aprofitar tota la paperassa.*
4. *De moment els socialistes no ens permeten substituir els cotxes oficials per bicicletes, però almenys podem posar-hi un xofer multiracial (és a dir, d'una altra raça).*
5. *El cotxe oficial del teu conseller, si va cap al nord, s'abstindrà d'agafar el túnel de Bracons.*

7. *La brossa de la conselleria s'ha de seleccionar i llençar-la als contenidors respectius. Es recomana que ho faci el conseller mateix i fer-li una foto com d'improvís.*
8. *A l'hora de filtrar informacions, recordeu aquest axioma: Per cada redactor en cap pròxim al PSC, hi ha dos redactors i uns quants becaris que ens voten a nosaltres.*
9. *El president Lula (el de Brasil) és collonut; tinguem-ho sempre present.*

INTENT D'ORGANIGRAMA DEL DEPARTAMENT DE PRESIDÈNCIA

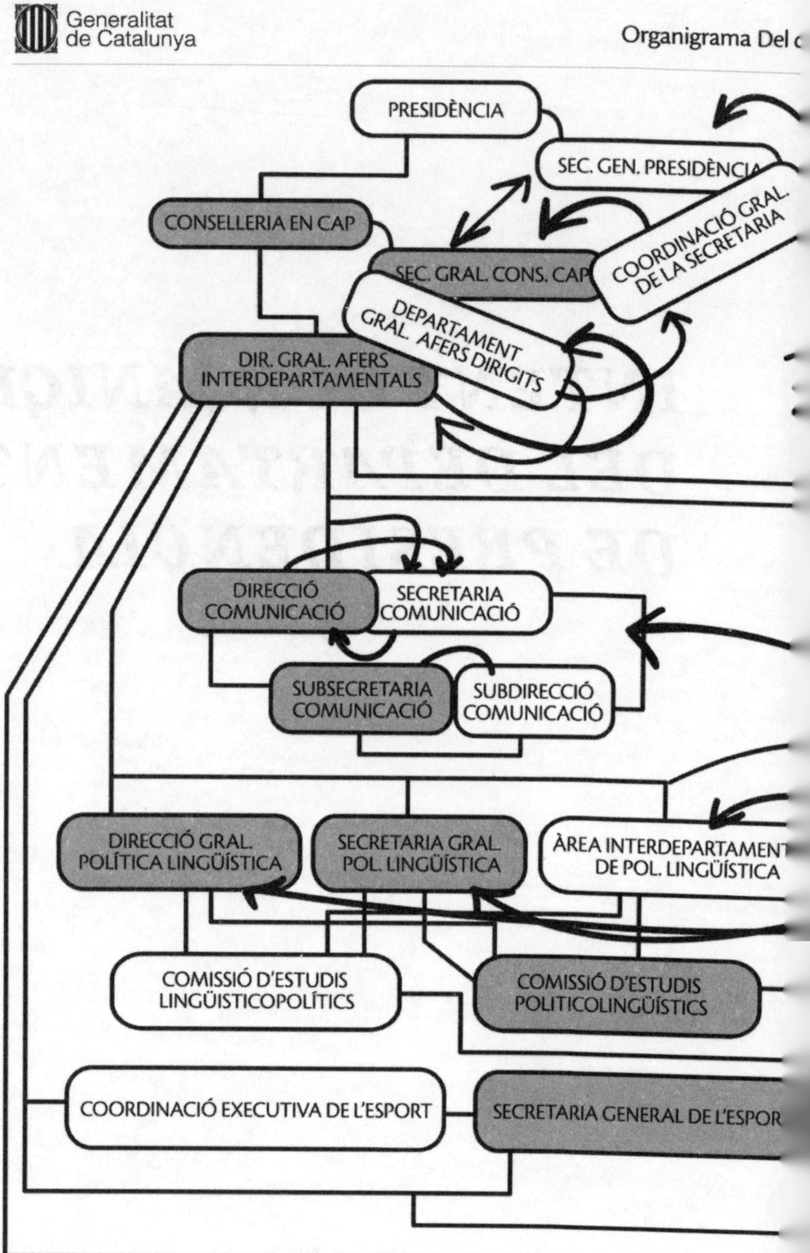
Generalitat de Catalunya
Organigrama Del d
PRESIDÈNCIA
SEC. GEN. PRESIDÈNCIA
CONSELLERIA EN CAP
SEC. GRAL. CONS. CAP
COORDINACIÓ GRAL. DE LA SECRETARIA
DEPARTAMENT GRAL. AFERS DIRIGITS
DIR. GRAL. AFERS INTERDEPARTAMENTALS
DIRECCIÓ COMUNICACIÓ
SECRETARIA COMUNICACIÓ
SUBSECRETARIA COMUNICACIÓ
SUBDIRECCIÓ COMUNICACIÓ
DIRECCIÓ GRAL. POLÍTICA LINGÜÍSTICA
SECRETARIA GRAL. POL. LINGÜÍSTICA
ÀREA INTERDEPARTAMENT DE POL. LINGÜÍSTICA
COMISSIÓ D'ESTUDIS LINGÜISTICOPOLÍTICS
COMISSIÓ D'ESTUDIS POLITICOLINGÜÍSTICS
COORDINACIÓ EXECUTIVA DE L'ESPORT
SECRETARIA GENERAL DE L'ESPOR

Intent d'organigrama del Departament de Presidència

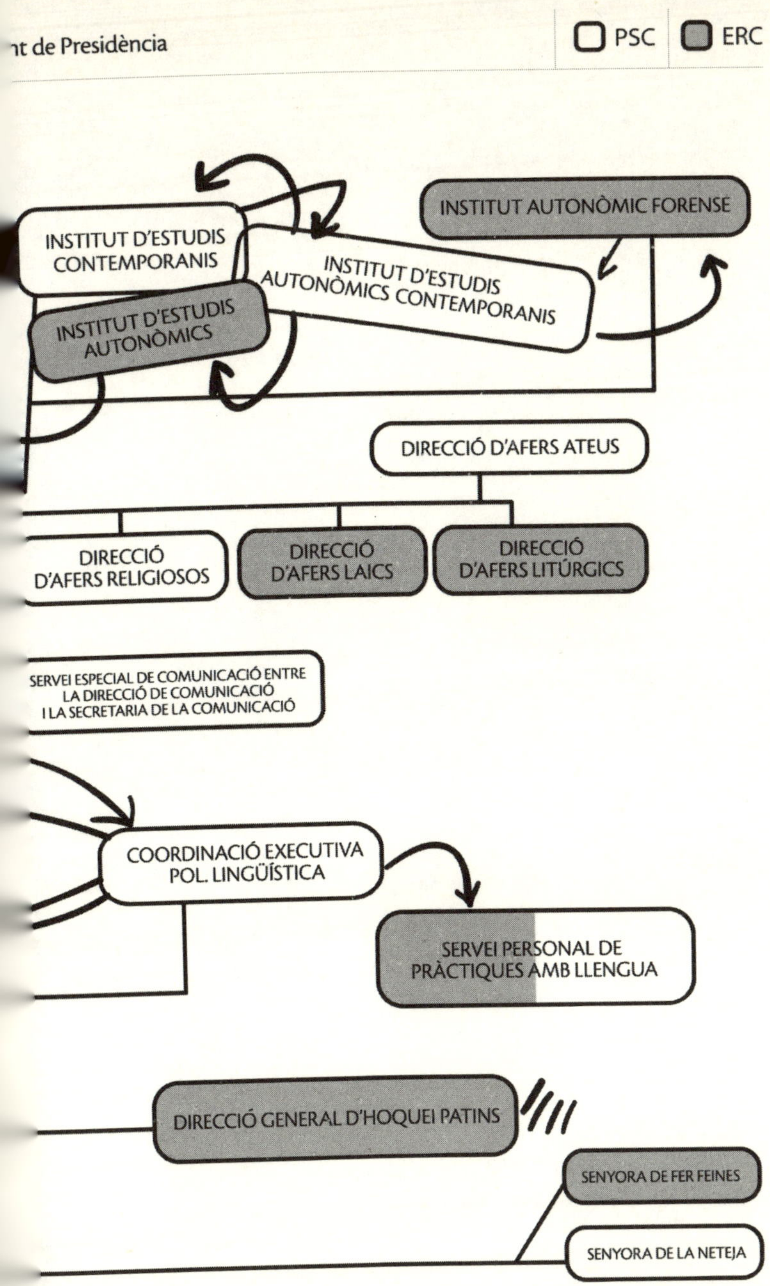

UN 3% DE MARRON

Enregistrament d'una reunió del Consell executiu

El passat 4 de març, el govern català es va reunir en sessió secreta i extraordinària, per parlar de l'anomenada «crisi del 3 per cent». L'endemà es va saber que a la sala de reunions hi havia micròfons ocults instal·lats per Ernest Maragall, una minicàmera amagada a les ulleres de Joan Saura i un magnetòfon que Bargalló havia enganxat amb cel·lo sota la cadira del president. Gràcies a aquest zel informatiu, avui sabem amb precisió què es va dir en aquesta reunió històrica...

(La reunió comença al saló Tàpies del Palau de la Generalitat, a les 10:30 del matí.)

MARAGALL: Què, podem començar?

BARGALLÓ: Un moment, en Carretero és al lavabo.

MARAGALL: Deu estar fumant. Fuma com un *carretero*. Hehehehehehe... No us ha fet gràcia, oi? Bé, comencem.

SIURANA: Abans que res, m'agradaria comentar que el preu de l'aviram ha pujat, però no tant com perquè...

MARAGALL: Què dius? De què parles?

SIURANA: No era per lo del 3 per cent, del preu del pollastre, que està molt car?

MARAGALL: No, era pel pollastre del 3 per cent, que ens pot sortir molt car. A veure si ens centrem, que aquest govern de vegades sembla can pixa.

SIURANA: Recony, quina pell més fina, president.

MIERAS: Sí que la té fina... Ho dic com a dermatòloga.

MARAGALL: SILENCI !!! La situació és greu. I tot per culpa de l'Artur Mas, que és un susceptible dels collons. Us he de dir que quan vaig dir 3 per cent, jo no estava fent exactament una acusació.

(*se senten rialles a la sala*)

BARGALLÓ: President, no cola.

MARAGALL: No cola, no cola... I tu què saps? Burro més que burro. Per començar, podries dir-li al Carod que callés una estona.

BARGALLÓ: Cada matí l'hi dic amb un SMS.

SAURA: No ens barallem, per favor.

MARAGALL: I tu calla.

SAURA: D'acord.

TURA: Voleu que posi els mossos a investigar això de les comissions del 3 per cent?

TOTS: Nooooooo !!!!

CARRETERO: Com a mínim, no els enviïs a Puigcerdà.

SIURANA: Ni a Lleida.

MARAGALL: No perdem els nervis, tenim els nervis a flor de pell.

MIERAS: Doncs molt de compte que ens poden sortir erupcions cutànies. Ho dic com a derma...

MARAGALL: I tu, no dius res? Sí, tu, com et deies?

SIMÓ: Anna Simó, Benestar i Família.

MARAGALL: Tu no eres d'Ensenyament?

SIMÓ: No. I si vol saber el meu parer, president, crec que...

MARAGALL: De seguida, de seguida... Us diré el que farem: Una cimera institucional a... a... jo que sé... a l'Ikea de Montigalà, que així aprofito per mirar prestatgeries. Ens farem la foto amb en Mas i en Piqué i tots contents.

BARGALLÓ: I amb el tema del 3 per cent, què fem?

MARAGALL: Ah, això ja ho decidiran en Montilla i en Puigcercós, són a la sala del costat... Algú vol suc de taronja?

SIURANA: Mentre no siguin taronges dels tarongers del pati...

MARAGALL: Doncs qui en vulgui, que em pagui comissió. Hehehehehehehehe. Ehem, era broma. Ho retiro.

III. APÈNDIXS

EL CANVI DE RÈGIM

Una anàlisi sociològica patillera

Com és la Catalunya del tripartit, també coneguda com «la Catalunya del tripi»? Atenent-nos estrictament a les dimensions geogràfiques, diríem que igual que la pujoliana —si exceptuem les ampliacions i reduccions successives de les platges per efecte dels abocaments de sorra i les ventades alternatives. El règim de pluges és similar, la cabana ovina no ha patit alteracions significatives, Antoni Bassas continua fent el programa matinal de Catalunya Ràdio, i a l'Eix del Llobregat es munten els mateixos embussos de trànsit els diumenges a la tarda.

Amb aquestes sòlides bases assentades, es diria que el canvi de règim no s'ha notat de cap manera. Greu error! Fins i tot amb dos signes d'exclamació: Greu error!! Catalunya ha canviat molt.

Naturalment, els ciutadans ho han notat en diferents graus. Els primers que van veure que bufaven vents de canvi van ser el col·lectiu social agrupat sota l'epígraf general d'«Alts càrrecs del govern sortint», o «Alts càrrecs del govern sortints». D'un dia a l'altre, es van trobar:

a) Amb més temps lliure.
b) En justa correspondència amb l'apartat anterior, amb més estona de presència física a la llar familiar (cosa que comporta que el segon col·lectiu a notar el canvi de govern siguin, precisament, els familiars immediats dels alts càrrecs dimissionaris, amb conseqüències ocasionalment desagradables).
c) Amb menys diners.
d) Amb menys esquenes per tustar.
e) Amb menys mans que els tustessin les esquenes.
f) En alguns casos, sense plaça a la llotja del Camp Nou.
g) Sense temes de conversa.
h) Amb l'eventualitat d'haver de donar molestes explicacions a veïns i amics.

Per tot això, algunes organitzacions no governamentals van plantejar la creació d'un fons de solidaritat amb exalts càrrecs. Malauradament, la iniciativa no va tirar endavant. El desistiment coincideix casualment en el temps amb la presa de possessió dels nous alts càrrecs.

El que podríem anomenar «entorn convergent» també ha estat dels primers a notar el canvi, en detalls com els següents:

a) A l'hora de dir «el president», ja no els tremola la veu de l'emoció.
b) Contràriament a la brama que havia circulat durant anys pels passadissos i despatxos del Palau de la Generalitat, amb el canvi de govern l'estatua de Sant Jordi del balcó principal no ha pres vida sobtada ni ha perseguit Pasqual Maragall a crits de «mort al drac!».
c) Criticar el govern no només no és anticatalà, sinó que produeix una excitació perllongada.
d) Han après conceptes i expressions noves, com: «D'això en té la culpa el Govern», «Els de TV3 són uns venuts», o «Això nosaltres ho faríem millor».

De manera gens menyspreable, l'acord del Tinell ha suposat alguns canvis en la percepció de Catalunya que tenen els dirigents, militants i amics dels socialistes. Socialistes de Catalunya, és clar, Bono i Ibarra no han notat res. El gremi del PSC ha experimentat, entre altres coses:

a) Un augment del nombre de nòmines rebudes sota l'epígraf «Generalitat de Catalunya. Àrea de Recursos Humans».
b) En conseqüència, una major sensibilitat cap a l'esforç pressupostari que fa la màxima institució de Catalunya, malgrat les evidents dificultats derivades del deficient finançament autonòmic.
c) En més d'un i de dos mil casos, dirigents socialistes s'han vist davant del dilema de mantenir-se fidels al seu lloc de treball vigent, o abandonar-lo per entrar a la Generalitat. Majoritàriament, la decisió ha vingut condicionada pel contingut de l'oferta, és a dir, pel sou. S'explica d'una militant que va demanar compaginar la vida laboral i la familiar, com se sol argumentar en els discursos del partit; li van dir que, en efecte, la vida familiar és molt important, i que es quedés a casa.
d) Sense que una cosa tingui necessàriament a veure amb l'altra, la immensa majoria d'aquests dirigents socialistes que han entrat a la Generalitat han vist reviure en el seu fur intern aquella sensibilitat catalanista que tenien endormiscada des de 1976. Alguns d'ells, fins i tot gosen dir ara que les cançons de Serrat en català els semblen tan bones com les castellanes. Es donen casos molt exarcebats de nous alts càrrecs que troben bonic el so de la gralla. Però són l'excepció.

Hi ha un sector de socialistes que no participen d'aquesta evolució general. Són els que s'han quedat a la porta del paradís —de l'edifici del Palau de la Generalitat— pel fet que el govern s'hagi de compartir amb dos partits més. Se'ls pot detectar fàcilment perquè solen comentar privadament que saben de bona tinta que qui mana de debò és Esquerra Republicana. Tanmateix, han notat el canvi igualment, perquè ara ja no poden criticar en public el president com ho feien abans.

Pel que fa a la família dels nous dirigents socialistes, viuen el canvi amb certa tranquil·litat, perquè els horaris de la diputació o de l'ajuntament d'abans són semblants als de la Generalitat d'ara. Això sí, ara reben més trucades diàries, sobretot amb aquest missatge: «Sisplau, grava'm El Cor de la Ciutat, que es veu que ara ja és bona».

Un sector sociològicament peculiar que ha viscut amb intensitat el canvi de govern és el que formen els militants d'Esquerra Republicana. En aquest cas, hem de destacar diferents fenòmens:

a) Diversos membres d'ERC han descobert el plaer de dir en públic que els queia bé un militant del PSC.
b) Els mateixos membres d'ERC han descobert igualment que tot i que els caigui bé un militant del PSC, els consellers socialistes fan la seva sense consultar-los.
c) Una reunió de més de deu persones, per exemple un consell executiu, no té per què acabar-se cantant *Els Segadors.*
d) Tampoc no és habitual fer les reunions del govern al voltant d'un foc de camp i amb guitarres.
e) La faixa de casteller no és un bon substitut de la corbata.
f) Els programes de música tradicional continuen anant al Canal 33.

La majoria de republicans han anat aprenent tot això gradualment. Només Josep Lluís Carod-Rovira ho va haver d'aprendre en un mes.

Els amics dels dirigents i militants d'Esquerra Republicana han viscut el canvi amb relativa tranquil·litat: es tractava simplement de substituir el militant amb càrrec nou per una altra persona a la colla castellera.

Els posseïdors d'un carnet d'Iniciativa per Catalunya o d'un d'Esquerra Unida i Alternativa han notat els següents símptomes del canvi:

a) La gent ja és intel·ligent, perquè els ha votat a ells, que saben el que fa al cas en cada cas.
b) El govern ja no té la culpa de tot.
c) El govern ja no té la culpa de res.
d) Els mossos d'esquadra són més elegants que els okupes.

e) La revolució està més a prop. (Aquesta sensació concreta només l'ha experimentada un membre d'Esquerra Unida i Alternativa nomenat sotsdirector general amb secretària i despatx.)
f) La felicitat mundial és més a prop: a Palau ja deixen entrar amb entrepans de shawarma.

I el PP? Han notat d'alguna manera l'ascens del tripartit? Aquí s'imposava una investigació profunda, perquè ens trobem davant d'un col·lectiu per al qual més que el concepte «hi ha un abans i un després de les eleccions» caldria aplicar el de «continuem sense menjar-nos un rosco». Malgrat tot, la investigació ha donat algun resultat:

a) Alguns seguidors del PP han tornat a utilitzar el concepte «Govern comunista».
b) Altres fa uns quinze mesos que repeteixen la següent expressió: «Però ¿Segur?».
c) Hi ha un tercer sector que va repetir durant uns mesos: «Ja, ja, però veureu a les generals». Els investigadors no aconsegueixen detectar-ne cap exemplar des del 13 de març.
d) Un quart grup ha popularitzat la frase «Doncs ara et fots, Piqué». Aquest grup està format per una sola persona, un tal Alberto Fernández Díaz.
e) El cinquè sector el formen antics dirigents que han descobert els plaers de la filatèlia, la micologia i la lectura d'incunables. En aquest grup s'ha detectat també una baixada en picat del consum de diaris i d'informatius de ràdio i televisió.

Cal dir, tanmateix, que la societat catalana globalment també ha patit canvis des de la sortida de Convergència i Unió del Govern de la Generalitat. Els nostres investigadors han fet una selecció de signes de la nova era tripartida. Aquests són els més destacables:

a) Fa mesos que no se sent cantar Núria Feliu.
b) Les cançons de bressol solen ser de Carlinhos Brown.

c) Les escoles públiques ofereixen crèdits optatius de «Federalisme asimètric», «Estudi de la gralla» i «Teoria dels contenidors de residus reciclats».
d) Les escoles privades ofereixen crèdits optatius de «O sea, resistencia contra el poder establecido».
e) La gent, a la dutxa, sol cantar cançons de Carlinhos Brown.
f) Quan algú anuncia a la família que es casa, la pregunta més habitual és: «Que ets gai?».
g) El Nadal del 2004 s'ha multiplicat per quatre el nombre de ninos de Playmobil col·locats als pessebres de Catalunya.
h) Els paletes, mentre treballen, xiulen cançons de Carlinhos Brown.
i) S'ha triplicat el nombre de persones que consideren que José Montilla és catalanista.
j) S'ha generalitzat l'ús de l'expressió «Aquells s'entenen menys que el tripartit».
k) Ha aparegut una nova forma d'*outing*, consistent a confessar públicament que a un no li agrada l'hoquei sobre patins.
l) Les misses de barris desfavorits acaben normalment amb una cançó de Carlinhos Brown.
m) Maria de la Pau Janer s'ha casat amb el doctor Corbella, però no està confirmat si això té a veure amb el canvi de govern.
n) S'ha estès la teoria que Javier Bardem està més bo que Joan Pera, només perquè el primer se'l considera més pròxim al tripartit.
o) 12.754 festes de carnaval de les escoles catalanes van ballar el Carnabalona de Carlinhos Brown.

Però algunes coses continuen igual.

CATALUNYA UN ANY DESPRÉS

Informe estadístic encara més patiller

L'Institut d'Estadística de Catalunya porta un exhaustiu control dels paràmetres bàsics de la vida social, econòmica i cultural de Catalunya. Amb aquest plantejament, semblava evident que Minoria Absoluta estava absolutament interesada a mantenir-s'hi tan al marge com fos posible.

Tanmateix, algú de l'equip, ara no em facis dir qui, va comentar que tenia un conegut dins de l'institut, que feia l'horari de nit i que per un preu mòdic podia passar-nos uns esborranys que estaven a punt de ser publicats i que aportaven dades del tot novedoses.

Davant la possibilitat de tenir una exclusiva, a més a més obtinguda per mitjans probablement il·lícits, no ens ho vam pensar. Ni vam comprovar-ne la veracitat: no calia.

INSTITUT D'ESTADÍSTICA DE CATALUNYA

CATALUNYA A UN ANY DEL CANVI DE GOVERN: ANÀLISI EVOLUTIVA DELS ELEMENTS BÀSICS
(hipòtesi d'esborrany de projecte)

	Des.2003	*Des.2004*
Militants del PSC amb càrrec a la Generalitat	32	32.000
Militants de CiU id.	32.000	32'5
Nom més posat a Catalunya (nens)	Marc	Pasqual
Nom més posat a Catalunya (nenes)	Marta	Caterina Mieras
Lloc turístic més visitat	Sant Miquel del Fai	Port Olímpic
Museu més visitat	Museu del Barça	Museu del Barça
Consum de ruca (grams per persona/any)	25	1.500
Consum de còctel de gambes (bols/casament)	84	2
Plat més demanat als restaurants	Costelletes de xai	Sashimi
Relacions sexuals/any (marge d'error: ±300%)	300	300
Persones que diuen seguir el hoquei	1.000	1.200.000
Per partits: votants de CiU	326	240.001
Id. PSC	325	240.000
Id. ERC	102	719.940
Id. ICV	47	48
Id. PP	200	11

	Des.2003	*Des.2004*
Nombre de missatges sms enviats	2.350.000	10.750.000
Des de la Generalitat	850	2.350.000
Sol·licituds casament:		
Heterosexuals	30.562	1.042
Homosexuals	25	25.764
Venda de corretges per mòbils	44	500.044
Venda de dibuixos de Jordi Labanda	132	45.132
Nombre d'imitadors de Pasqual Maragall	3	44
Nombre d'imitadors de Jordi Pujol	15	1,5

ICONOGRAFIA VARIADA

Portades de la premsa local i internacional

El Tripartit al cinema

Estampes familiars

El Tripartit i la poesia popular

PORTADES DE LA PREMSA LOCAL I INTERNACIONAL

1 € | DILLUNS 15 DE DESEMBRE DEL 2003 | CONSELL DE CENT 425-427 BARCELONA. TEL. 93.265.53.53 | www.elperiodico.com www.grupozeta.es | DIRECTOR ANTONIO FRANCO

elPeriódico de Catalunya 25 ANYS dl. 15

Maragall i dos més formen govern

EL PACTE DEL CANVI
Pàgines 20 a 24

L'"acord del Tinell" promet un Govern unit

• Històric compromís de l'esquerra catalanista

Saura, Maragall i Carod-Rovira, ahir al Saló del Tinell.

MinAb - AL PAÍS DEL TRIPARTIT

◄ EE.UU. INFLUIRÁ EN LA NUEVA CONSTITUCIÓN DE IRAQ • PÁG. 3 ►

www.lavanguardia.es

LA VANGUARDIA

LUNES, 17 DE NOVIEMBRE DE 2003 / N.º 43.840 — Fundada en 1881 por don Carlos y don Bartolomé Godó — 1 euro (con Interiores, 3 €)

ELECCIONES

Ganaron los nuestros

PEDRO MADUEÑO

SALIDOS DE LA VALLA. Hoy uno de los cinco será el sucesor de Jordi Pujol. **PÁGINAS 15 A 30 Y EDITORIAL**

23 muertos en Turquía en un atentado antisemita

• Diecisiete soldados norteamericanos pierden la vida en Iraq

ESTAMBUL. – La oleada terrorista continúa su goteo diario de muertes. Ayer le tocó el turno a Turquía. Dos coches bomba estallaron junto a sendas sinagogas de Estambul y causaron la muerte a 23 personas y heridas a otras 300. Mientras, en Iraq, diecisiete soldados estadounidenses perdieron la vida al estrellarse dos helicópteros. **PÁGINAS 3 A 6 Y EDITORIAL**

BARCELONA. – Jordi Pujol no pudo ocultar anoche que se sentía "inmensamente feliz". No en vano, su sucesor y más que probable futuro presidente de la Generalitat, Artur Mas, logró lo que ningún sondeo había detectado: imponerse con claridad a Pasqual Maragall, como hacía cuatro años había hecho Pujol, y conseguir para CiU la séptima victoria consecutiva en las autonómicas catalanas. Pese a ello, CiU y el PSC experimentaron un retroceso, frente al espectacular auge de ERC e IC y el crecimiento del PP. El Parlament resultante deja a los republicanos de Carod la llave de la gobernabilidad: apostar por el partido ganador y formar un Govern nacionalista, o hacerlo por el perdedor y formar un ejecutivo tripartido de izquierdas. **PÁGINAS 13 A 40 Y EDITORIAL**

37 • SALAMANCA PREPARA UNA RESISTÈNCIA NUMANTINA PER QUEDAR-SE ELS 'PAPERS'

AVUI

DIJOUS, 30 DE DESEMBRE DEL 2004 — ANY XXIX · N. 9796 · 1 EURO

PÀGINES 48-51

Qui ens havia de dir que ens salvarien en Lara i en Maragall

La Corporació Catalana de Comunicació, nova empresa editora de l'AVUI

El tsunami ha deixat cinc milions de persones sense menjar ni sostre a l'Índic

19-23

20.000 manifestants reclamen el reconeixement internacional de les federacions esportives catalanes

Catalunya cau davant l'Argentina en futbol (0-3), però s'imposa a un combinat mundial en hoquei patins

PÀGINA 6

El primer ministre d'Ucraïna impugna les eleccions i reitera que no dimitirà

L'oposició impedeix que el 'premier' es reuneixi amb els seus ministres

EDITORIAL

La millor notícia

El dia 15 de juny des d'aquesta mateixa primera plana anunciàvem als nostres lectors la presentació de la fallida oberta de la nostra empresa editora. Una mesura dura i necessària per aconseguir "El millor AVUI", com titulàvem aquell editorial. Sis mesos més tard, podem anunciar que el procés concursal s'ha resolt tal com prevèiem. De la millor manera. Gràcies a l'encert, a la bona voluntat i al magnífic treball de totes les parts implicades. PÀGINA 2➤ ➤

LA VEU DE L'EBRE

www.ebredigital.com

Núm. 123 Preu: 1,50 € — Divendres 16 d'abril del 2004 — Director: Josep Maria Arasa

Pareix que los xics del nou Govern no mos fotran l'aigua

› El cap de llista socialista es desmarca de l'executiva local i dóna la majoria a CiU i l'Entesa

› El PSC inicia els tràmits per suspendre'l de militància i reclamar-li l'acta de regidor

La plaga del cranc roig ocasiona nombrosos danys en infraestructures i arrossars al Delta.

El cranc roig es converteix en aliment per a la gavina corsa

SUMARI

Penélope Cruz roda al Delta durant deu dies

L'actriu espanyola, el seu company de repartiment, Mattew McConaughey i un equip tècnic i artístic d'un centenar de persones participen en el rodatge de Sahara al Delta. Pàgina 21

Propostes literàries per llegir amb Sant Jordi

Amb motiu del Dia del Llibre, el mercat multiplica l'oferta per tal de complaure tota mena de gustos. L'especial Sant Jordi inclós en aquesta edició us ajudarà a escollir. Pàgines 49 a 54

Nuestra tarea consiste en animar a los cristianos y a los no cristianos a realizar obras de amor (Madre Teresa de Calcuta)

EL MUNDO

MARTES 25 DE ENERO DE 2005
Año XV. Número: 5.524

DEL SIGLO VEINTIUNO

EDICION: MADRID
Precio: 1 euro. Con Libro de Arte: 6,90 euros más

SANDRA PALO / El Malaguita, único implicado mayor de edad, echa la culpa del crimen a los menores / M2

Un sobrino de un funcionario que un día vio a Carod, viajó a Bilbao o a Marraquech

IRENE HDEZ. VELASCO
Corresponsal

ROMA.- Rotundo y tajante a pesar de los 84 años con que carga sobre sus espaldas, el papa Juan Pablo II hizo ayer acopio de fuerzas para lanzar un duro ataque contra el Gobierno de José Luis Rodríguez Zapatero, al que acusó directamente de estar difundiendo en España un laicismo rampante que «promueve el desprecio» hacia la fe católica.

La furia de Su Santidad se hizo verbo en el discurso que ayer pronunció en el Vaticano ante el primer grupo de los 74 obispos españoles que cumplían con el rito obligatorio de visitar al Pontífice cada cinco años.

«En el ámbito social se va difundiendo una mentalidad inspirada en el laicismo, ideología que lleva gradualmente, de forma más o menos consciente, a la restricción de la libertad religiosa hasta promover un desprecio o ignorancia de lo religioso, relegando la fe a la esfera de lo privado y oponiéndose a su expresión pública», aseveraba Juan Pablo II en su discurso a los obispos españoles; del que, dado su precario estado de salud, tan sólo leyó el principio y el final, pero del cual entregó una copia completa a cada prelado, junto con un pectoral de plata de regalo. Sigue en **página 8**
Editorial en **página 3**

« Creo que era él, y de eso estoy Casi seguro »

Aseguró en el mes de noviembre ante el magistrado de Asturias que le interrogó por la 'operación Pipol' que creía que «Toro también era de ETA» **Página 11**

Carod - Rovira en una entrevista y protagonizando la pasión de esparraguera vestido de mujadi. /WEBEX

Aceptada la recusación del juez que iba a presidir la vista oral contra Botín

MARIA PERAL

MADRID.- El presidente de la Sala de lo Penal de la Audiencia Nacional, Javier Gómez Bermúdez, no podrá dirigir el juicio contra Emilio Botín, presidente del SCH. La propia Audiencia Nacional acordó ayer, a 48 horas del comienzo de la vista, estimar la recusación promovida por Rafael Pérez Escolar y apartar a Gómez Bermúdez del tribunal que juzgará al banquero. Por siete votos a dos, la Audiencia ha considerado que está afectada la apariencia de imparcialidad de Gómez Bermúdez por no haber justificado su autodesignación como presidente del tribunal. Sigue en **página 34**

El 'Ramadán sangriento' deja 20 muertos en dos sinagogas turcas

Tras los atentados de Riad y Nasiriya, el integrismo golpea en Estambul

JAVIER ESPINOSA
Enviado especial

ESTAMBUL.- Desde que se reabrió en 1987, los visitantes de la sinagoga Neve Shalom, en Estambul, podían apreciar un viejo reloj de época en la entrada del recinto religioso. Marcaba la misma hora en la que se detuvo el 6 de sep-

OTRAS NOTICIAS

Advent lanza una contraopa por Aldeasa y complica las perspectivas del grupo afín al Gobierno que deseaba comprarla **Página 33**

Esquerra Republicana quiere que el Rey pueda ser citado ante el Congreso **Página 13**

Pilar Manjón pide que cada asociación de víctimas muestre «a qué palo juega»

Pretende confrontar sus posiciones con las de la AVT en una reunión conjunta ante Peces-Barba

MADRID.- Pilar Manjón informó ayer que la Asociación 11-M, a la que pertenece, pedirá al Alto Comisionado de Apoyo a las Víctimas del Terrorismo, Gregorio Peces-Barba, que convoque una reunión con su asociación y con la Asociación de Víctimas del Terrorismo (AVT), convocante de la manifestación del pasado sábado, para saber «a qué palo de la baraja juega cada uno». **Página 10**

讀賣新聞

2003年(平成15年)01.26日

イラク復興 国際支援

スペインで会議開幕 国連総長、貢献訴え

藤井総裁きょうにも解任

国交相 聴聞調書提出受け

中曽根氏出馬は困難

自民 公認見送り27日決定

教授も任期・年俸制に

横浜市大 2005年度から

小選挙区 どこに投票?

自民37% 民主12%

Amb aquesta contundència qualificava la premsa coreana —del sud— la reunió de Carod amb ETA .

"All the News That's Fit to Print"

The New York Times

EARLY EDITION

VOL. CL . . . . No. 51,808

NEW YORK, MONDAY 15 DECEMBER 2003

ONE DOLLAR

RADICAL GOVERNMENT IN EAST MEXICO

The Mexican Province of Catalunia Surprised Two American Tourists With The Bad News: 'We are Affraid of Dying'. Said The Couple Over the Phone to Their Relatives in the U.S.

BETRAYED BY CLAN

Breakthrough Capped a Renewed Effort on Figure Out Leads

A Careful U.S. Plan To Dispel All Doubt On Hussein's Fate

In the Streets, a Shadow Lifts

Celebrating in Baghdad

Bearing Questions, 4 New Iraqi Leaders Pay Hussein a Visit

MORE ON THE CAPTURE

NEWS SUMMARY

MUNDO
DEPORTIVO
19.30 DIGITAL+
Luis Fernández: "Ganar al Madrid sería la bomba"
Maragall ficha a
Bargalló
en el mercado de invierno
RESTO DE LIGA AT. MADRID-DEPOR 17.30 • CELTA-MÁLAGA 21.30 • SEVILLA-R.SOCIEDAD 21.30

EL TRIPARTIT AL CINEMA

Quan parlava del futur
de l'Espanya plural,
a tothom li sonava a xino.
L'ÚLTIM
EMPERADOR
HEMDALE FILM CORPORATION
JEREMY THOMAS BERNARDO BERTOLUCCI
JOHN LONE JOAN CHEN
PETER O'TOOLE R.J.
"THE LAST EMPEROR"
YING RUOCHENG VICTOR WONG DENNIS DUN RYUICHI SAKAMOTO
JOYCE HERLIHY MARIO COTONE JAMES ACHESON FERDINANDO SCARFIOTTI
GABRIELLA CRISTIANI VITTORIO STORARO (AIC) RYUICHI SAKAMOTO DAVID BYRNE CONG SU
FRANCO GIOVALE MARK PEPLOE BERNARDO BERTOLUCCI JEREMY THOMAS BERNARDO BERTOLUCCI
A COLUMBIA PICTURES RELEASE

L'OGRE I ELS SEUS AMICS ET FARAN RIURE SENSE PARAR
éS d'ERC

Joan Saura i Imma Mayol
Tomàquets verds fregits. De debò
Els tomàquets no tenen gust de tomàquet. Però hem pillat, visca!
UNIVERSAL PICTURES AND ACT III COMMUNICATIONS PRESENT IN ASSOCIATION WITH ELECTRIC SHADOW PRODUCTIONS
AN AVNET/KERNER PRODUCTION "FRIED GREEN TOMATOES" CICELY TYSON
THOMAS NEWMAN ELIZABETH McBRIDE RIC RONDELL DEBRA NEIL BARBARA LING
GEOFFREY SIMPSON, A.C.S. NORMAN LEAR AND ANDREW MEYER FANNIE FLAGG
FANNIE FLAGG AND JON AVNET JON AVNET AND JORDAN KERNER JON AVNET
A UNIVERSAL RELEASE
UNIVERSAL

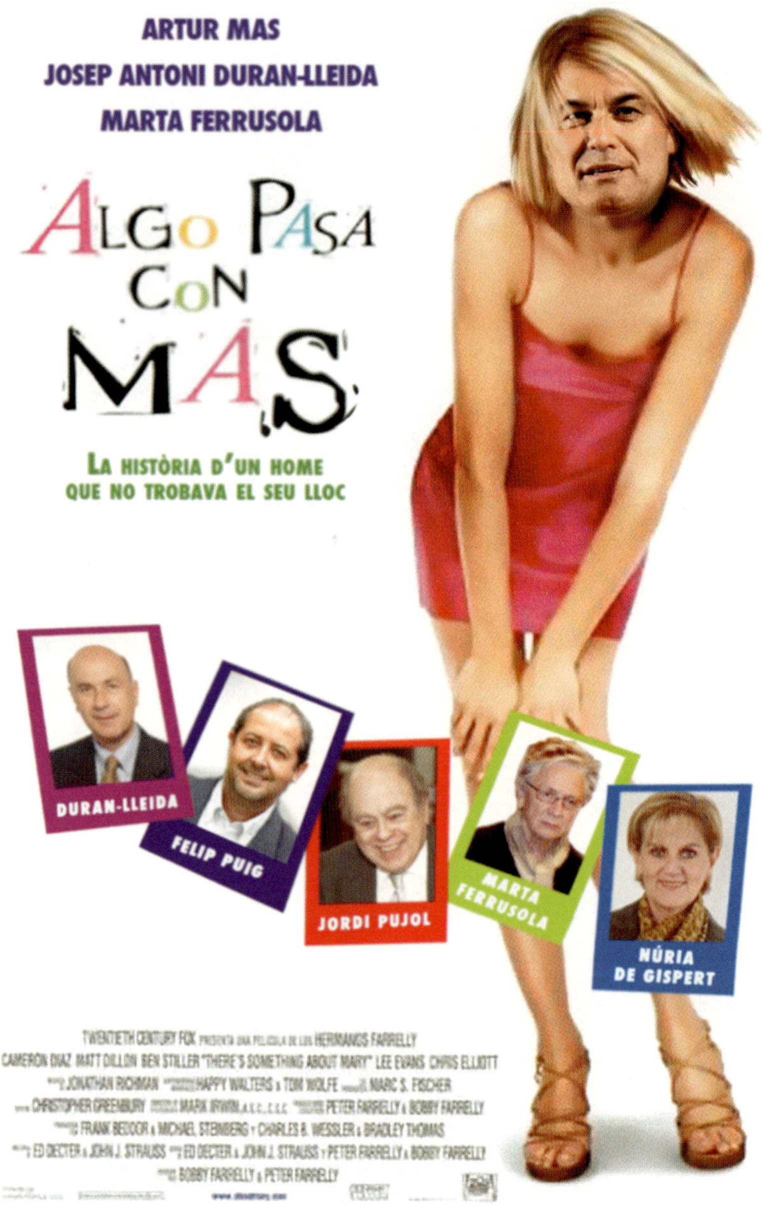
ARTUR MAS
JOSEP ANTONI DURAN-LLEIDA
MARTA FERRUSOLA
ALGO PASA CON MAS
LA HISTÒRIA D'UN HOME
QUE NO TROBAVA EL SEU LLOC
DURAN-LLEIDA
FELIP PUIG
JORDI PUJOL
MARTA FERRUSOLA
NÚRIA DE GISPERT
TWENTIETH CENTURY FOX
CAMERON DIAZ MATT DILLON BEN STILLER "THERE'S SOMETHING ABOUT MARY" LEE EVANS CHRIS ELLIOTT

Dels creadors de
"ARMES DE DESTRUCCIÓ MASSIVA"
FESTIVAL DE CINEMA FANTÀSTIC DE BAGDAD - SECCIÓ OFICIAL
ELS INCREÏBLES
NINGÚ SE'LS PODIA CREURE

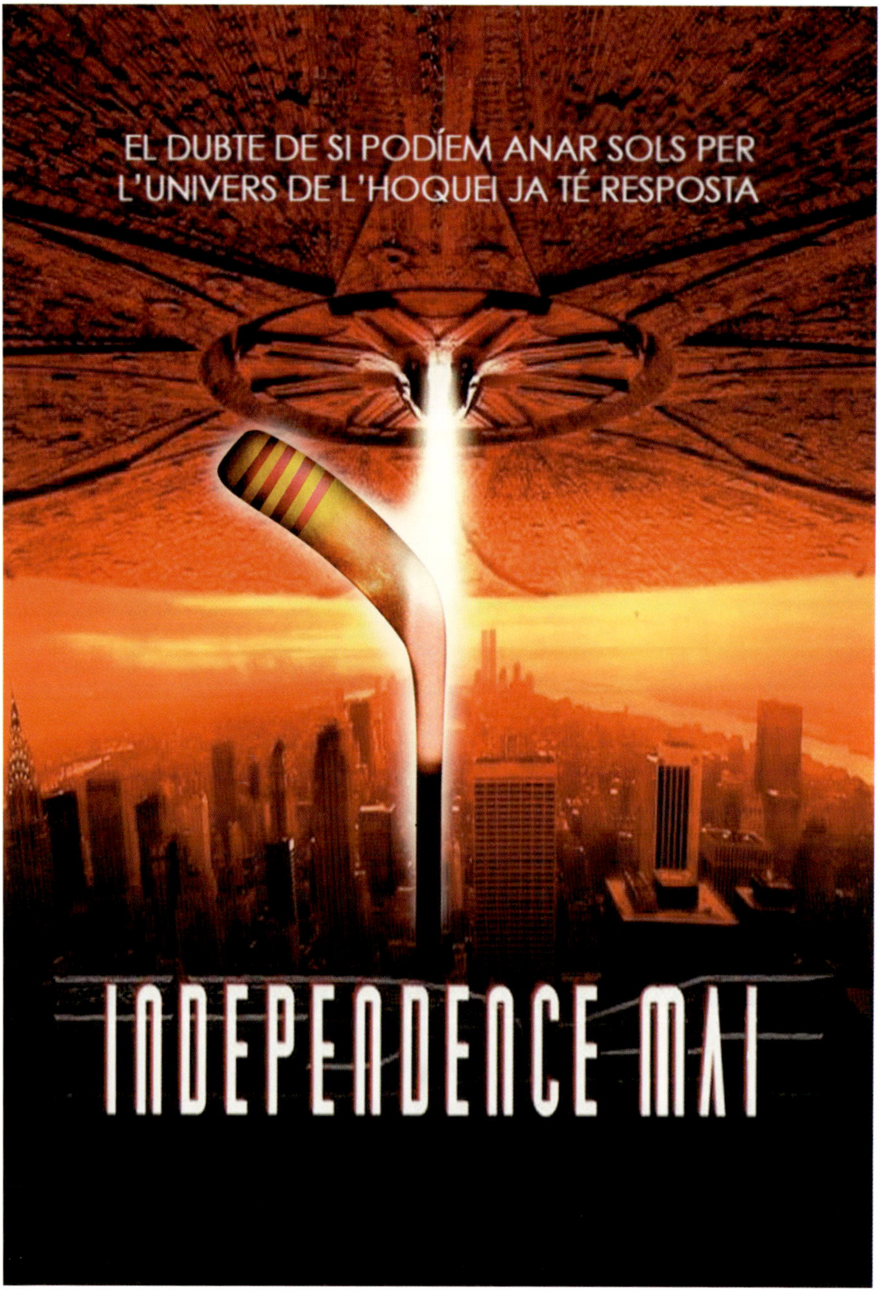
EL DUBTE DE SI PODÍEM ANAR SOLS PER
L'UNIVERS DE L'HOQUEI JA TÉ RESPOSTA
INDEPENDENCE MAI

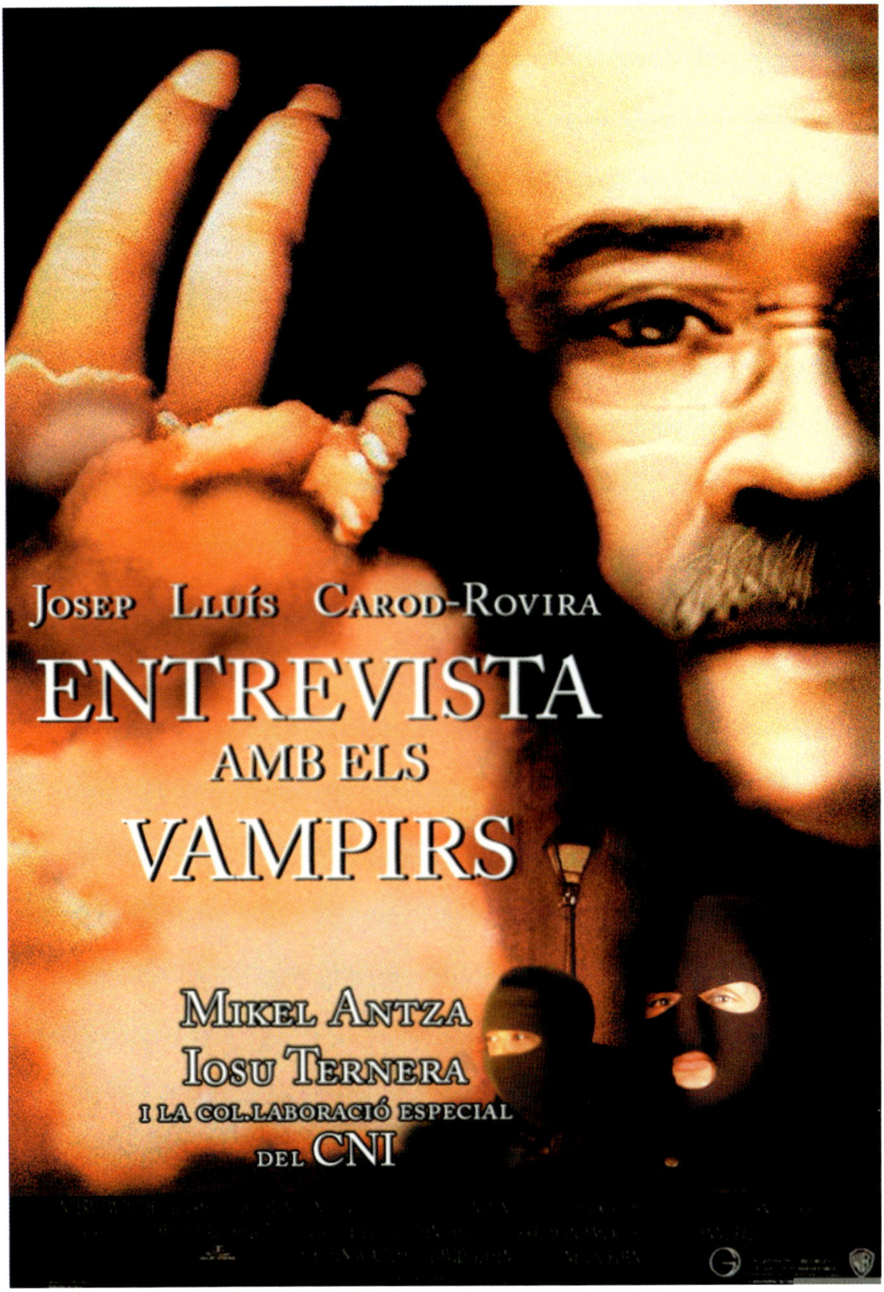
Josep Lluís Carod-Rovira
ENTREVISTA
AMB ELS
VAMPIRS
Mikel Antza
Iosu Ternera
i la col.laboració especial
del CNI

ESTAMPES FAMILIARS

Si aixeco la vista
se m'escaparà el riure.
Sóc el líder
indiscutible de CiU.
ciu
convergència i unió
SÍ A CATALUNYA
ciu
convergència i unió

Léetelo, y ya me dirás
si te ha gustado
Gracias, majestad,
me encanta Mortadelo.
¡OLÉ!
MORTADELO Y FILEMÓN

Saura i Carod celebren que Maragall ha anat a tirar les escombraries de Palau al contenidor de la plaça de Sant Jaume.

El tripartit busca fórmules per millorar el finançament de Catalunya.

Els dos líders d'ERC, Puigcercós i Carod, debaten sobre el repartiment de poder al partit.

Carod-Rovira en una funció de teatre aficionat a Tarragona.

Al calaix del despatx
m'he trobat uns calçotets
d'en Pujol...de tigre!
Ribes

Ole, ole,
ja m'he passat una
altra pantalla

El Govern, en plena deliberació.

ERC celebra els resultats electorals amb una sardana.

El president anuncia la posició del Govern en el tema
de les seleccions esportives catalanes.

Aquí hi ha algú que s'ha colat.
Tranquil, és la meva dona.

Sabia que era kumbaià, però que beneeixi taula abans de les reunions ja és massa.

EL TRIPARTIT
I LA POESIA POPULAR

Racons poètics

Des dels seus inicis, el programa Minoria Absoluta de RAC1, ha tingut una ànima lírica, la qual cosa no és forçosament bona; de fet és força nefast per a la poesia i per a la cultura en general, com comprovareu tot seguit. Aquests epigrames, que quotidianament ens han servit per explicar l'actualitat política de forma rimada, són el nostre modest homenatge al gremi dels poetes.

El Tripartit

De primer, semblava que CiU i ERC pactarien...

En Duran escolta Esquerra
I com si fos un rei Mag
Accepta tots els regals
Inclòs el conseller en cap.
I a sobre, el Parlament
El presidirà en Benach.
Tot sigui per tenir corda
Com a mínim fins al març.
Després ja vindrà en Rajoy
Travestit d'home del sac
I els posarà tots a «puestu»
Com el cobrador del frac.

(25-XI-2003)

En Carod es fa el ronsa, i Pujol s'arromanga.

En Carod, si fa no fa,
Ni fa ni deixa de fer,
Però en Pujol manté la fe
En l'escena del sofà.

Què farà, què no farà,
El bigoti més famós?
Ell vol un ménage à trois
Però en lloc de trois, són dos.

(2-XII-2003)

Finalment, serà un tripartit d'esquerres...

El govern ha de ser un estri
partit en tres parts iguals.
Que cadascun dels tres triï
Com es vol guanyar els jornals.

(15-I-2004)

El nou president Maragall visita Aznar a la Moncloa.

Una entrevista cordial
Però sense cap coincidència
És com donar pel cul
Fent una reverència.

(9-I-2004)

Qui serà el nou director de TV3?

El director de TV3
No serem ni jo ni tu
Ni serà cap candidat
Si no és germà de ningú.
(Al final en Joan Majó
Serà un mal «menó».)

(13-I-2004)

Maragall dedica una oda a la consellera de cultura.

Qui em va parlar de tu, Mieres,
Quan repartíem carteres?

(12-V-2004)

Auca de la crisi al departament de comunicació del govern.

Mentre en Maragall s'opera
Se supera en Bargalló
Fent bombolles de sabó
Amb cara greu i sincera.

En Sellarès, l'implicat
Aguanta la conjuntura
Però ja veurem si dura
Perquè té el cul escaldat.

I del maleït informe
No se'n sap gall ni gallina
Ni d'on surt, ni a qui incrimina
Ni si el que diu serà norma.

(14-V-2004)

Primera cagada de la consellera Anna Simó, de Benestar i Família: insinuen que les vídues hauran de retornar un complement de la pensió.

Els calerons de les viudes
No es tornen un cop donats.
Que ja ho va dir Santa Rita
I ho diuen els sindicats.

(16-VI-2004)

Oda al nou síndic de greuges, Rafael Ribó.

Després d'anys de queixar-se
I inflar-li a en Pujol les venes
Ara haurà de relaxar-se
I escoltar queixes alienes.

(22-VI-2004)

Un recàrrec per finançar el dèficit sanitari?

Vés-te'n al dermatòleg
Quan vulguis passar visita
Perquè això de pagar un euro
És una cosa que irrita.

(13-VII-2004)

La contaminació de l'Ebre a Flix, un nou «Prestige».

Hem de fugir a corre-cuita
Que l'Ebre està empudegat
I no deix de ser veritat
Que Flix és nom de fuita.

(10-IX-2004)

El primer 11-S del Tripartit va ser una bassa d'oli.

Una Diada tan tova
Sense ni un sol altercat
Bé que l'hauria firmat
En Rafael de Casanova.

(12-IX-2004)

El conseller Carretero va fer pública una proposta de mapa comarcal sense encomanar-se a ningú.

MARAGALL:
Dels comentaris
D'en Carretero
Llegint diaris
Jo me n'entero.

(22-IX-2004)

El cas Carod

I en Carod va pensar que podia acabar amb el terrorisme.

El mànec de la paella
Carod, no el tenies gaire
Però ETA és la titellaire
I tu has sigut el titella.

(18-II-2004)

En Rajoy, després de Perpinyà, ja es veu president.

RAJOY:
Bendito seas, Carod-Rovira
Por darnos esta alegría
Con un adelanto de años
Tendremos 300 escaños.

(27-I-2004)

Les reaccions furibundes a Madrid afavoreixen Carod.

Té tanta traça l'Aznar
Que en Carod, ja dimitit
Al final n'haurà sortit
Com un heroi popular.

(29-I-2004)

Com la Julia García Valdecasas, ministra d'Administracions Públiques, que es va passar dos pobles.

Diu la Julia Valdecasas
Que va ser un lapsus i prou
Titllar Esquerra d'assassins.

Li pot recordar en Carod
Que en política els errors
Sempre es paguen dimitint.

(24-II-2004)

Manifestació del tripartit contra ETA.

Ja és ben fort que l'ABC
Estigui avui tan content
Perquè a un acte contra ETA
No hi havia gaire gent.

(27-II-2004)

I més converses amb l'entorn d'ETA.

Ai Carod, Carod Rovira!
Ja cal que en Pasqual et cregui!
Quan parlaves amb l'Otegui
Molts micròfons hi havia!

(14-VII-2004)

Partits dels Socialistes de Catalunya

Maragall recita la seva imbatibilitat.

MARAGALL:
En Pujol no puja re,
En Piqué no pica enlloc,

En Carod resulta car,
I en Saura ja el tinc al pot.

(17-IX-2003)

El PSC incorpora cofoi un magribí a les seves llistes.

Salut tinguis, Mohammed
Mentre llegeixes l'alcorà
Vigila que els del PSC
No te la fotin per Al·là.

(15-X-2003)

Ibarra continua posant els seus companys catalans en situacions difícils.

Seguint amb la ratxa
De Mèrida estant
Denuncia pillatge
El «pillo» més gran.

(8-IX-2004)

Convergència i Unió

Artur Mas es fa amb tot el poder al seu partit.

Cada mes
Com una miss
Es menja un mos
Jugant al mus.
Aquest Mas
Vol el pastís
Però del seu tros
No en sap fer ús.

(22-X-2002)

Pere Esteve els deixa plantats i se'n va a ERC.

Tot i que clami en Pujol
«Això no m'ho pots fer, Pere»
L'Esteve esperava molt
I el qui és Pere, desespera.

(26-IX-2002)

Repartiments de papers en la cúpula de CiU.

A Convergència, l'hereu
Ja ha triat un portaveu:
Si el vot «de la ceba» fuig
Fa sortir el conseller Puig.
Si toca moderació
Surt l'Homs, o bé en Teixidó.
Si els d'Unió el deixen verd
Surt la Núria de Gispert.
I algun dia, si Déu vol
També sortirà en Pujol.
I és que aquest govern, ai las,
Té mil cares i un sol Mas.

(6-XI-2002)

Duran Lleida, com sempre, espera l'oportunitat.

Potser un dia llunyà
Cansat, el rellevaran
Però mentrestant
En Duran durarà.
Pacient i expectant
Pel que pugui passar
A n'en Mas vigilant
...Si es deixa vigilar.

Esquerra Republicana de Catalunya (ERC)

Això és de quan encara no havia passat allò de Perpinyà...

Per poder sortir del sot
Esquerra farà el que cregui
Però si parla amb l'Otegui
Ho pot pagar Carod.

(10-IX-2003)

Teoria de l'equidistància (que no es va confirmar)

Sempre al mig com el dijous
En Carod fa la viu-viu
Però quan passi l'estiu
Pot perdre esquelles i bous.

(11-VI-2003)

El capgròs de Carod va ser una de les sensacions de la campanya electoral.

En Carod està eixerit:
Li han fabricat un capgròs
Perquè és líder d'un partit
Que té el cap més gran que el cos.

(14-X-2003)

Ja al poder, ERC va omplir els despatxos de germans.

En Benach té un germanet
Que a casa li feia nosa
I Esquerra ja té el carnet
De família nombrosa.

(13-II-2004)

El Fòrum de les Cultures

Un prec a la patrona de la ciutat, de part de l'alcalde.

Verge de la Mercè.
Vós que esteu a les altures,
Feu que ens surti «baratu»
El Fòrum de les Cultures.

(24-IX-2003)

El Fòrum va començar requisant bocates i carmanyoles.

Ai nena si vols venir
Al Fòrum de les Cultures
No portis res de menjar
Encar que siguin verdures.

Ai nena si vols venir
Al Fòrum on tot va bé
No portis cap fiambrera
Que et quedaràs al carrer.

(10-V-2004)

Una reflexió amb sentit comú.

Qui voldrà
sortir del catre
Per anar al Fòrum
A debatre.

(11-V-2004)

I un altra mena de Fòrum, el dels immigrants que protesten tancats a la catedral.

Mireu la catedral,
Quin goig que fa

Amb tants feligresos
Que resen a Al·là.

(7-VI-2004)

El govern del PP

Els sondeigs sempre garantien la reelecció d'Aznar.

Sobre el sondeig del CIS
No oblidéssim aquest fet:
És qui empunya el ganivet
Qui reparteix el pastís.

Elvira Rodríguez substitueix Matas a Medi Ambient.

Las voces sensatas
Que el «Prestige» inspira
Le dicen a Elvira:
«Rodriguez, No Matas».

(4-III-2003)

El passotisme de Fraga als primers moments de la crisi del Prestige.

A un vertido de fuel
Manuel Fraga no acudió
Y por pasota quedó
Preso de patas en él.

(5-XII-2002)

Parlar d'ETA sempre era més còmode que parlar del chapapote.

I que n'és d'original
El president del govern
Que en lloc de netejar el fuel

MinAb - AL PAÍS DEL TRIPARTIT

Reforma el codi penal.
Els diaris en van plens
I si tothom parla d'ETA
Galícia sembla més neta
I el chapapote, menys dens.

(7-I-2003)

València i Múrcia reclamen l'aigua de l'Ebre.

Aigua per tothom,
Clamen els murcians
Preneu una canyeta
I xucleu-la dels pantans.

(17-VI-2004)

El triomf de Zapatero

Durant la campanya, el PP ho tenia tot a favor.

Atès que El PP està torero
I que té la victòria en el sac,
Li preguem al senyor Zapatero
Quan collons parlarem de l'Iraq?

(3-II-2004)

Carod diu que es presenta però no ocuparà el seu escó.

Carod vol marxar
De l'escó de Madrid.
Abans de fornicar
Ja se'n va del llit.

(23-III-2004)

Enquestes per a tots els gustos...

L'enquesta intel·ligent
La decideix el client.

(3-III-2004)

Eleccions europees

L'Europarlament, un cementiri d'elefants?

Com hem de votar
Aquests candidats
Si abans d'arribar
Ja estan jubilats.

(28-V-2004)

Victòria socialista: Borrell, president de la cambra.

Moltíssimes felicitats
Pep Borrell, nou president,
Que un càrrec tan complaent
Té més sou que maldecaps.

(21-VII-2004)

Partit Popular (PP)

Alberto Fernández no rondina quan Piqué li pren el lloc.

Sense queixar-me
Faig el que toca,
Dóno bon karma
I canya, ben poca.
Sempre al servei

Del gran Josemari,
Si el Piqué perd
Ja cal que es prepari!
(10-VII-2003)

Miguel Boyer «fitxa» per la fundació del PP.

Qué chollo, Miguel Boyer!
Por tu señora inspirado,
El PP te ha conquistado
Con un Ferrero-Rocher.
(12-XI-2003)

Ana Aznar protagonitza el *bodorrio* de l'any.

La filla del president
No vol que el deix se li noti,
Però ben fort crida la gent:
«És l'Aznar sense bigoti!».
(5-IX-2002)

Fraga és notícia cada cop més per la seva salut.

Ara l'amo de Galícia
de les ciutats i dels «pazos»
Diu que té un ai al cor
I li cal un marcapassos.
Els metges s'hi miren molt
Que el paio encara té nassos
I si el tracten malament
Els pot dissoldre a «porrassos».
El millor que poden fer
Amb el famós marcapassos

És sucar-lo a Palomares
I lligar-lo bé amb dos llaços.

(1-X-2003)

Piqué arriba a la política catalana amb ànim de sacsejar-la.

Oficiant el funeral
De l'oasi català
En Piqué vol simular
Que ha sigut mort natural.

(26-II-2004)

Alberto Fernández defensa el dirigent crític Josep Curto.

De criticar, no me'n surto
Però tinc el convenciment
Que amb el seu pronunciament
En Josep es queda curto.

(22-III-2004)

En un cert moment, a Piqué li van sortir molts crítics.

En Piqué porta perilla,
Molt escaient,
Però el que de debò perilla
És el seu seient.

(15-IV-2004)

A l'oposició, Rajoy ha d'aguantar l'ombra allargada d'Aznar.

RAJOY:
Soy el líder popular
No puedo rajar ni quiero

Que ahora ya tengo a Aznar
Para hacer de follonero.

Partido Socialista Obrero Español (PSOE)

Una salutació al nou líder socialista...

Zapatero, a tus zapatos!
A ver a donde te llevan
Que en el camino te esperan
Rajoys Orejas y Ratos.

(11-IV-2003)

Simancas perd la presidència de Madrid a l'últim sospir.

Aquestes dues llagues
Que t'obren les anques
Amb esforç les tanques:
Si manques, la cagues.

(12-VI-2003)

Política internacional

La reconstrucció d'Iraq, un negoci.

En Bush és tan crack
Que amb 20 dies i prou
Ensorra l'Iraq
I el fica en el pou.
Els senyors del frac
Tindran un bon sou

Cobrant puntualment
Per fer-lo tot nou.

(10-IV-2003)

Quanta gent es va manifestar contra la guerra?

I així doncs, quants malparits
Vam sortir per fotre crits?
Eren molts a passar llista:
Però tots tenen mala vista.
Si compta la Valdecasas
La xifra no te l'empasses,
Si compten els promotors
Ho multipliquen per dos,
Si ho contrasta Contrastant
Potser no n'hi haurà per tant,
Però que se sàpiga bé:
Hi érem tots, tret del PP!

(17-II-2003)

En qualsevol cas érem molts... però a casa també.

L'èxit del PP es basa
En una dada funesta:
Quan un milió es manifesta
Cinc milions resten a casa.

(23-IV-2003)

La foto de les Açores es va cobrar un preu.

El trio de les Açores
És pitjor que els tres «tenores».
S'esperaven un passeig

I es troben en un safareig.
Cada tret que surt del tanc
Es gira, qual boomerang.
A Europa, la bona gent
Se'n va a l'eix del «malament».
I els del PP, prou plorar.
El refrany ho diu ben clar:
Que qui s'ha fet el cogombre
Se'l vagi posant a l'ombra!

(31-III-2003)

Posicionament davant de les eleccions americanes.

Que erri en Bush
No és novetat,
En canvi, Kerry
No l'hem provat.

(29-VI-2004)

Angoixada reacció a la victòria de George W. Bush.

En Bush ha guanyat,
Que ningú ho esguerri,
Que ja és prou calamitat.
Però per què, Kerry?

Euskadi

S'anuncia la il·legalització de Batasuna.

A la gent de Batasuna
La declaren il·legal.

Després vindrà la Real,
L'Athletic i l'Osasuna.

(18-III-2003)

Economia

Macià analitza amb rigor l'OPA de Gas Natural a Iberdrola.

MACIÀ:
Si els del gas fan OPA hostil
A base de talonari
Potser em faré milionari
car de gasos, jo en tinc mil!

(12-III-2003)

El ministre Rato, obligat a revisar les previsions d'inflació.

El ministro don Rodrigo
Entona un triste lamento:
«Donde una vez dije digo
Hoy digo cuatro por ciento».

(12-III-2003)

De la Rosa, d'empresari model a la presó.

De la Rosa, t'encamines
De nou cap a la presó.
La Rosa és bonica flor
Però a tu et queden les espines.
Ja veus que han servit de poc
Els regals i les propines:

A Can Pujol només paguen
Amb amnèsies repentines.

(20-XI-2003)

El PP i Foment alerten contra votar segons qui.

El PP i la Patronal
Amb les seves componendes
Obliden que aquí el que val
Són els vots, i no les rendes.

Cultura

Què fem amb els arxius de la Guerra Civil?

Per obrir les grans portes
De l'Arxiu de Salamanca
Calen raons ben fortes
I un bastó per fer palanca.

(14-x-2003)

Benvinguda al nou president de l'Òmnium, Jordi Porta.

Als de l'Òmnium, revifats,
Els demanem amb veu forta:
Que no siguin tan tancats
Ara que ja tenen Porta.

(18-XI-2002)

Oda molt encesa a l'eurovisiva Beth.

El meu cos transita, Beth,
Del calfred a la calor.

Quan cantes una cançó
M'he de posar el pitet.

(29-I-2004)

Les Creus de Sant Jordi busquen candidats.

Són tantes Creus de Sant Jordi
Per Joans, Joaquims i Pepes
Que aviat les donaran «repes»
A algú que no se'n recordi.

(4-XII-2003)

Bardem, cara visible de les protestes contra la guerra.

Provocant com l'Eminem
—Per dir un nom a l'atzar—,
El premiat Javier Bardem
Carrega contra l'Aznar.
No badem, Javier Bardem!
tot això et pot sortir car!
Perquè Hollywood ja et tem
I et quedaràs sense Oscar!

(5-II-2003)

EL RETALLABLE DEL TRIPARTIT

«Recorta, pega y colorea» els il·lustres pròcers

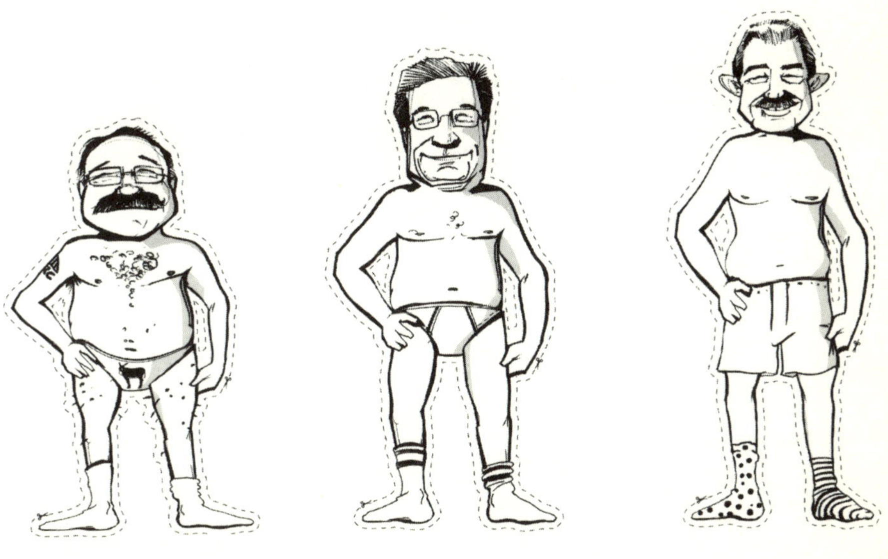

RAP
RAMON LLULL
EMINEM

UNA ULLADA AL LLIBRE DE VISITES DE PALAU

Des de la centralitat i la moderassió que caracterissa al Partit Popular de Catalunya, i com a futur alcalda da Barsalona, és per a mi un gran plaer saludar el president dels pancartistes, falsos progressistes, nacionalistes de campanari, còmplices del terrorisme i responsables morals de les víctimes del GAL, per desitjar-lis que durin en el poder menys que un caramelu a la porta d'un col·lexi. Acabin ràpid de sumir Catalunya en el caos i la misèria moral, que els somes i les dones del PP estem a punt per tornar-la al seu puestu. El Piqué no els envia records ni res perquè està molt enfadat (té aquest caràcter).

Alberto

ALBERTO FERNÁNDEZ DÍAZ

Obro majúscula Com acostumo a fer en ocasions especials coma escriuré la meva dedicatòria en vers punt i coma perquè dos punts m'abelleix de fer-ho així com a bon acadèmic que sóc punt i a part mai millor dit punt i a part de nou.

El govern ha de ser un estri
Partit en tres blocs iguals
Que cadascun dels tres triï
Com es vol guanyar els jornals

Que perfecte que m'ha quedat signe d'admiració signe d'admiració signe d'admiració. Estic del tot content coma i ho celebraré al Burger King amb un whopper doble punts suspensius i patates fregides punt i final.

PERE GIMFERRER

Mmmbueno, ej que rejulta que ara no je molt bé què possar, perqè ejtic en fase creativa i en lloc de frases em surten receptes. En qualjevol caj, per fer una ejferificació de tripartit, s'agafen trej eleaments que combinin, s'hi tira porexpan en forma de poljim i... hojti, ara no me'n recordo. Buenu, a veure si em donen una subvenció al Bulli, perquè lo meu ej art, cultura, arquitectura i ciència, tot alhora. I ara me'n vaig a Hojpitalet a fotre'm n frankfurt que tinc gana.

FERRAN ADRIÀ

¡Mil demonios! Muchachos, parece que fue ayer cuando tomábamos unas cervezas juntos al aire libre. Bueno, de hecho... ¡fue ayer!, JA JA JA JA JA, pero aún no estábais en el gobierno federal, érais simples congresistas de pacotilla. Apuesto cinco de los grandes a que Pasqual hará grandes cosas por Iowa. ¡Ese es mi chico! Siempre pensé que sería cura, el Reverendo Smith así lo creyó; pero él tenía otros planes... quizá sea mejor así; él aquí, yo en Saigon, y Marjorie comerciando con su cuerpo en Atlantic City. ¡Maldita sea! De pequeños solíamos retozar en el granero. Allí lo supe todo sobre el sexo... Éramos tan pequeños... Yo apenas había cumplido los 28... En fin, todo eso terminó; pero cuidado, chicos; vuestro corazón extiende cheques que vuestra cabeza no puede pagar... ¡Canastos, un escorpión en mi bota! ¡Maldito desierto!

JAMES STEWART

Que consti que només d'entrar he vist un gerro fora de lloc i pols a sota l'estora del Saló Tàpies, a més que les flors fan llàstima de tan pansides, per no parlar dels tarongers del pati, és clar que no m'estranya perquè em fa l'efecte que a Palau no hi ha ben bé qui mani; m'he topat amb dues secretàries que no m'han ni saludat. I una portava unes llànties a la jaqueta... Es coneix que manen els d'esquerres, que són uns deixats i uns destralers. Bé, escric aquestes quatre ratlles en català, perquè suposo que encara som a Catalunya, no, senyors del PSOE? Apa, Déu us faci bonets.

MARTA WAS HERE

MARTA FERRUSOLA

Estic altament alarmat de veure com està tot de deixat; No hi ha ni paper carbó per fer còpies dels decrets, ni lacre per segellar les cartes, i he vist una funcionària amb pantalons i un bidell amb arracades! Ara, estic convençut que tota aquesta degradació ja ve de l'època d'en Companys.

Per sort, he pogut recuperar un tallaungles que vaig perdre el 1932...

FRANCESC MACIÀ

Españoles todos: Permitidme que turbe la tranquilidad de este Gobierno ilegítimo fruto de un contubernio tripartito para anunciar que estáis rodeados por tres divisiones acorazadas y un regimiento de la guardia mora, y que no os queda otra salida que la rendición incondicional, lo que, por otra parte, a nosotros nos honra y a vosotros os envilece.

FRANCISCO FRANCO

Al meu amic el Mar... agall, i a tots els altres que han bastit un pont de mar blava entre la casa que vull i les vinyes verdes vora el mar, mentre escoltaven les campanades a morts pel bandoler i els neofatxes globals que han acabat el viatge a Itaca que van fer en un vaixell de Grècia, coberts d'un núvol blanc nascut el novembre 72 o el gener 76. Que tinguem sort...

Lluís Llach

LLUÍS LLACH

En estos días, la reina y yo estamos muy contentos de esta visita a una institución que, junto a la Caixa, rige los destinos del honrado pueblo catalán.

Mi Majestad

JUAN CARLOS, REY

P.D.: Dejo en recepción la solicitud de ayuda por familia numerosa de Cristina e Iñaki.

Yo, Letizia, estoy muy contenta de estar en Barcelona.

Yo, Felipe, también me alegro mucho...

Déjame terminar... De encontrarme en Barcelona, ciudad fundada por los romanos a fines del siglo I...

Cuna de pintores como Antoni Tàpies y Miquel Barceló, escritores como Eduardo Mendoza, Quim Monzó y... ¿quién más?

Te dije que repasáramos más, Felipe, que al final se nos olvidaría algo.

Feli y. LETI

Príncipes de Asturias

És un *intens* honor estampar la meva *rubri...firmaca* en aquest llibre d'honor que porta el nom de la casa que veig des del meu despatx a la plaça de Sant Jaume. Ara feia molts dies que no venia per aquí. Amb l'arribada del tripartit, el president i jo ho arreglem tot per *telèfunu.* Barcelona parla *catarà...* a vegades. I com a catalans *ens hem* d'estar orgullosos del que fem, tot i que no es poden matar elefants amb mosquits. L'any del tripartit ha estat també l'any del Fòrum de les Cultures, un èxit *amb sense* precedenta a la història dels Fòrums. Per això proposo, des d'aquestes fulles, fer-ne un cada sis mesos que duri sis mesos cadascun. Barcelona és un Fòrum *amb sense* aturador i la plaça de Sant Jaume serà la plaça de la Jaima, que vol dir Jaume en moro.

JOAN CLOS

Me ha gustado especialmente el Pati dels Taronchés, que debe su nombre a los taronchés que en él crecen. Patio que en la Cheneralitat valenciana recibe el nombre de Pati del Naranjito, hecho que demuestra que lo de la unidad de la lengua es un cuento que no se cree ni el Tato. Una nueva imposición del radicalismo catalán, que mantiene secuestrado al miedica de Zapatero. El salón de Sant Chordi también me ha gustado porque de no haberme gustado me hubiera visto en la obligación de decir que no me ha gustado que es todo lo contrario a gustarme. No se si me explico... o no!!.

MARIANO RAJOY

Minutos después de aparecer en el balcón de este emblemático edificio, es un honor para mí dejar mi firma en este libro. La emoción se ha hecho presa de mí cuando mi humilde persona ha depositado sus cejas en el mismo sitio donde Stoichkov hizo saltar a Jordi Pujol o donde Guardiola dijo aquello de «ja la tenim aquí!». También me ha gustado que una popular marca catalana de cerveza se haya sumado a la fiesta de los simpatizantes del tripartito en la plaza de Sant Jaume haciendo ondear sus banderas catalanas con una estrella.

J.L. RODRÍGUEZ ZAPATERO

Quants *ruacords* tornar a *truapitjar* aquesta *cassa*... *Ruacordo* amb especial emoció el dia que el *pruassident Puxol* es va quedar tencat al lavabo i l'*Àrtur* Mas no *truobava* el telèfon *d'emerxències* de la *Xeneralitat*. Aquell dia es va *possar* en marxa el pla Lavabo-Cat, ideat especialment per quan el *pruassident* es queda tencat als serveis de Palau. Si ara em *pruaguntessin* quin *pruonòstic* de vida faig a aquest *truipartit*, no *sabruia ruaspondre*... *lo* no me la *xugaria*.

XAVIER TRIAS

Des de la modèstia que em caracteritza, és un honor per aquest llibre comptar des d'avui amb la meva dedicatòria. Dimarts passat em van demanar que signés en aquest llibre i divendres la dedicatòria ja estava feta. ¡Que n'aprenguin! I el Sandro no firma, oi? Per què deu ser?

JAN LAPORTA

AGRAÏMENTS

Aquest llibre no hauria vist la llum si nosaltres (en Toni, en Manel i en Queco) no ens hi haguéssim posat, però és clar, no començarem ara a agrair-nos l'esforç els uns als altres... Sí que podem donar les gràcies, de tot cor, a l'equip de *Minoria Absoluta* de RAC1: en Víctor Ollé, en Jordi Ventura, l'Anna Pujol, en Joan Rufas (i les noies de la beca, la Maria Carreras i l'Angie Sanmartín). Al Miquel Alzueta, l'Ester Pujol i a tota la gent de Columna; a la Júlia Otero i l'equip de *Las* Cerezas;

Als nostres actors: en Bruno Oro Pitxot, la Sílvia Abril, en Cesc Casanovas, en Pau Miró, en Jaume Mallofré i la Lulú Palomares; i també als maquilladors que han donat vida i aparença als personatges: el Raül Cabanell, l'Elena Fenoy, i a l'equip de caracterització de TVE-Catalunya: l'Anna Díaz, la Maribel Bleda i la Sílvia Ballester.

Als fotògrafs: David Airob, Alex Garcia, Emilia Gutiérrez i Patricio Simon.

Moltes gràcies també a tota la classe política, per posar-nos-ho fàcil; a RAC1, per fer-nos sentir lliures; i als oients del programa, per fer-nos companyia.